德语文学译丛

Rainer Maria
Rilke

◆

里尔克诗选

Selected Poems of Rilke

[奥] 里尔克 /著
林克 /译

四川人民出版社

图书在版编目（CIP）数据

里尔克诗选/（奥地利）里尔克著；林克译．—成都：四川人民出版社，2021.8
（德语文学译丛）
ISBN 978-7-220-12328-3

Ⅰ．①里…　Ⅱ．①里…　②林…　Ⅲ．①诗集-奥地利-现代　Ⅳ．①I521.25

中国版本图书馆 CIP 数据核字（2021）第 105593 号

LIERKESHIXUAN
里尔克诗选
（奥）里尔克　著　林克　译

策划组稿	张春晓
责任编辑	张春晓
装帧设计	张迪茗
责任印制	祝　健
出版发行	四川人民出版社（成都槐树街 2 号）
网　　址	http://www.scpph.com
E-mail	scrmcbs@sina.com
新浪微博	@四川人民出版社
微信公众号	四川人民出版社
发行部业务电话	（028）86259624　86259453
防盗版举报电话	（028）86259624
照　　排	四川胜翔数码印务设计有限公司
印　　刷	四川机投印务有限公司
成品尺寸	143mm×208mm
印　　张	9.25
字　　数	185 千
版　　次	2021 年 8 月第 1 版
印　　次	2021 年 8 月第 1 次印刷
书　　号	ISBN 978-7-220-12328-3
定　　价	59.80 元

目　录 Contents

1907 新诗集

1908 新诗续集

新诗集

1907

卡尔和伊丽莎白·封·德海特

友谊长在

早年的阿波罗

像有时一个早晨沐浴着春光，
一眼望穿光秃秃的枝条：
他的头颅里也没有什么
能够阻止诗的光芒

直射我们，几乎令我们夭亡；
因为他的目光还没有阴影，
他的眠息对月桂还太凉，
那座玫瑰园，需一段光阴，

才高树一般自眉间升起，
赎回的树叶将飘出花园，

一片片飘向嘴的战栗，

至今未启用的嘴沉寂而闪亮，
只是以微笑将什么啜饮，
仿佛正为他注入他的歌唱。

爱之歌

我该怎样抑制我的灵魂，不让它
触动你的灵魂？我该怎样让它
越过你趋向别的事物？
啊，我多想替它找个幽暗的去处，
靠近某个失落之物，
一个陌生而寂静的地方，
不会随你的深心一同振荡。
可是那打动我俩的一切
把你我连在一起，像琴弓
从两根弦上拉出一个音符。
我俩被绷在哪个乐器上？
哪个琴师把我俩握在手中？
哦，甜美的歌。

萨福致阿尔凯俄斯（断片）

难道你对我还有什么可言，
你跟我的灵魂有何相干，
既然我到口的话儿说出之前
你便已垂下了你的眼帘？

公子，你瞧，言说这些物
将我们吸引并引至美名。
既然我想到：跟你们相处
会枉自丧失甜美的童贞，

这童贞有神守护，我和姐妹
无不知悉，为我们所拥有，

它未受触动，于是米蒂莱内
像个苹果园夜里芳香飘浮，
我们的乳房生长的气味——

是的，连这些乳房你也不愿
挑选并编扎，做成果环，
追求者，你的脸朝一边偏垂。
去吧，留下我，好让你所拒绝的
涌向我的古琴：一切停止。

这位神不是两人的援助者，
可是当他穿透这一人之时

一位少女的墓碑

我们依然怀念。这一切仿佛
有朝一日注定会再现。
就像柠檬海滨的一棵树
你曾将又小又轻的双乳
带到他血液的咆哮里面：

——那位神灵。
就是他偏又，
轻快的逃逸者，宠爱女人。
甜蜜而炽烈，温暖如你的念想，
荫蔽你早熟的胁腹
并垂下像你的眉毛一样。

东方昼歌

这张床难道不像一道海岸，
只是一片沙滩，让我俩共眠？
无一确定，除却你高耸的乳房，
它们超越我眩晕的情感。

因为这黑夜，里面许多兽狂吼，
里面有兽类召唤并相互撕裂，
难道它不是陌生之极？而这个呢：
那外面慢慢开始的，被称为白昼，
难道它比黑夜更容易理解？

人们或须这般相互交融

像环绕雄蕊的花瓣一层层：
不祥之物隐隐四处游动，
又麇集起来并扑向我们。

可是当我俩彼此紧紧缠住，
以免看见它们怎样逼近，
你可能脱出，我也可能脱出：
因为我们的灵魂靠背叛生存。

亚比煞

1

她躺着。她那双童子的臂膀
被仆人绑住，将枯萎者紧抱，
她躺在他身上，时辰甜美而悠长，
有点害怕他年迈寿高。

而有时候她在他的胡须里
转动她的脸，当一只枭嘶叫；
属于黑夜的一切到来并聚集，
同忧虑和渴望一起围在她周遭。

像她的同类一样星星颤慄，
一缕芳香搜寻穿过卧室，

窗帘拂动并发出暗示，
她的目光悄悄追随——

但是她一直贴住那阴森的老人，
不曾被黑夜之夜所企及，
她抱着君王渐渐僵冷的肉身
像一个轻轻的灵魂，仍是处子。

2

国王坐着并沉思空虚的过去：
完成的业绩，未曾感觉的情欲
和他豢养的母狗，他的心肝——

可是夜晚亚比煞便弓身
覆盖他。他那迷惘的一生
已被遗弃如声名狼藉的海岸
在她幽静的双乳座下面。

而有时候，既然是情场老手，
他透过眉毛看得清清楚楚：
那张不动的，没有吻的嘴；
他看见：她的情感的绿色钓竿
并未垂下直到他的深底。
他冷得发抖。他倾听像只猎犬
并在他最后的血液里寻找自己。

约书亚召集以色列各支长老

一如大河以河口的巨流
在尽头突破它的堤岸，
约书亚的声音此时穿透
最古老的支派，最后一遍。

那些大笑的人如何被击败，
所有的心和手如何停下来，
仿佛三十场激战的喧嚣
升向一张嘴；这张嘴正打开。

千万士兵又一次无比震惊
像耶利哥城前那伟大的日子，

但这次那嘴里却是羊角声，
而他们生命的城墙晃动不止，

把他们给吓得翻来滚去，
已无法抵抗并只好认输，
到这时才想起，他怎样在基遍
朝太阳高声喝令：停住。

神奔去，惊慌如一个奴仆，
并拽住太阳，在征战者头顶，
直到双手火辣辣地疼，
只因有个人想要它站住。

正是这个人；正是这老人，
他们以为他已不中用——
已是一百一十岁的高龄。
那时他站起来，闯进他们的帐篷。

他像一阵冰雹砸到禾秆上：
你们要向神承诺什么？异邦神
围绕着你们，等待你们选择。
但你们一选择，神就要毁灭你们。

随后，以一种无与伦比的傲气：
我和我的家族始终侍奉他。

他们都喊叫：行行好，给一个暗示，
为这艰难的选择给我们勇气吧。

但他们看见他，沉默，一如这些年，
爬向山冈他那座坚固的城池；
随后不见了。这是最后一次。

浪子出走

现在就与乱糟糟的一切分离，
都是我们的却不属于我们，
都像那古老源泉里的水，
颤抖着映出我们又毁掉形影；
从所有这一切，好像长着刺
再次挂在我们身上——离去
并把这个人和那个物，
他已经看不见的一切
（这般寻常，已成了习惯），
挨个儿打量：温柔，谅解，
仿佛在一个开端并从近旁；
并若有所悟，好像非关个人，

好像那痛苦穿过所有人，

把童年装得满满当当——

然而却离去，从手中抽出手，

仿佛某人重新撕开伤口，

却离去：去哪里？去向未知，

去一个遥远，温暖，无亲人的国度，

它会像背景在一切动作后面

淡定而冷漠：花园或墙壁；

却离去：为何？由于天性和渴求，

由于忍无可忍，神秘的期盼，

由于不理解和无法交流：

承担这一切并且抛弃

那也许枉自获取的，以便

独自死去，却不知缘由——

这就是一种新生活的入口？

Pieta[①]

于是我又看见，耶稣，你的脚，
当年我替你脱鞋，清洗，
那还是一双年轻人的脚，
局促地立在我的长发里，
像刺丛中的一只白兽。

于是在这个爱的夜晚，我初次
看见你从未被爱过的肉躯。
我俩还不曾躺在一起，
此时也只是痴痴相守。

---

① Pieta：圣母马利亚哀痛地抱着基督尸体的画（或雕塑）。——译注

可是瞧呀，你双手累累伤痕——

爱人，不是我咬伤，我怎么能够。

你的心敞开，向着芸芸众生：

从前这大概只是我的入口。

现在你倦了，你的疲倦的嘴

不想把我痛苦的嘴亲吻——

耶稣呀，何时曾是我们的良辰？

我俩又如何销魂而死。

女人为诗人歌唱

看吧，像万物敞开：我们亦然；
因为我们无非是这种福分。
一只兽体内的血和幽暗，
在我们身上长成灵魂，

再发出灵魂的召唤。它正召唤你。
你当然只把它纳入你的视线，
当它是风暴：温柔，没有欲念。
因此我们揣测，大概你不是

它所召唤的。然而，难道你并非
我们甘愿献身的那一位？

我们更充实于谁的心怀？

那无限的随我们一道消隐。

但你在，你是嘴，令我们倾听，

但你，你言说我们：你在。

子午线天使

——沙尔特

风暴从四面扑向坚固的大教堂
而教堂像一个否定者冥想沉思，
此时此刻人们感觉到，一下子
被你的微笑更温柔地引向你身旁：

微笑的天使，有感觉的形象，
做出你的嘴用了一百张嘴：
你竟未察觉，我们的时辰怎样
悄悄滑离你那圆满的日晷，

那上面白昼的整全之数同时，
同样真实，处于深深的平衡，

仿佛所有的时辰成熟而丰盈。

对我们的存在，石头神，你可知悉？

你正以愈加福乐的神情

也许将钟盘携入夜里？

教堂的大门 2

他们留在那里，仿佛那潮水
已退去，它那巨大的冲击
洗刷着这些石头，直到他们形成；
而它落下时取走某些特征

从他们手上，这些手过分善良
并过分施舍，什么也留不住。
他们留存，区别于玄武岩中的形式
凭一道光环，一顶主教的帽子，

偶尔也凭一个微笑，为此微笑

一张脸将其时辰的平静
保存为一个静止的钟面；

现在被移入他们的大门的空虚里，
他们曾经是一只耳朵的耳郭
并接住这座城市的每个悲叹。

2

许多旷远皆以此表示：
如像以一场戏的布景表示
世界；如像在他的情节的袍子里
主角穿过那些布景：

这道大门的幽暗也这样随情节
走上它的深渊的悲剧舞台，
这样无止境和去朝圣像圣父一般，
又如像他稀奇古怪地变成

一个儿子，在这里被派上
多种渺小的几乎喑哑的角色，
全都出自悲苦的附件。

因为就只有这样（我们知道）
才能从瞎子、疯子和被抛弃者中间
产生救世主如一个唯一的戏子。

3

他们就这样耸立，屏住了心
(他们立在永恒上并从未走动)；
只偶尔从皱褶的斜坡上走出
一个姿势，挺直，陡峭像他们一样，

并在半步之后突然停定，
在此几个世纪已超越他们。
他们在座架上处于平衡，
座架里一个世界，他们看不见，

混乱的世界，他们不曾践踏，

人物和动物，似欲危害他们，
弯曲并抖动但仍然支撑他们：

因为这些塑像如杂技艺人
就这样颤动并做出怪诞的动作，
以免他们额头上的杆子坠落。

窗子上的玫瑰

那里面：它们的爪子懒散的移动
制造出一种寂静——几乎使你困惑；
随后突然那些猫中有一只
将看花的目光，游移不定，

强行投入那一只大大的花眼中，
那目光，像是被一个漩涡
吸住了，漂浮了一小会儿，
随后沉没并再也不知道自己，

当那只眼睛，好像是睡了，
睁开并与咆哮联合起来

并将那目光拽入鲜红的血液里：

巨大的玫瑰也曾经这样
从教堂的幽暗中攫住一颗心
并将它拽入上帝之中。

柱　顶

一如从一个梦的怪物中升起
翌日从令人迷惘的痛苦中
浮现出来：那拱顶的翼缘
也这样冒出纷乱的柱顶

并让振翅的受造物在那里面
密密麻麻，莫名其妙地纠缠：
他们的犹豫和脑袋的爽快
和那些厚实的树叶，其汁液

上升如狂怒，最后则翻腾
以一种迅疾的姿势，聚成一团

又脱散开来：向上飞奔的一切

一次又一次寒冷地随幽暗
落下来，如像雨水操劳，
为供养这种古老的生长。

尸体认领所

他们躺着并乐意，像非常要紧，
在事后编造一个情节，
使他们彼此并与这种寒冷
和解并融合，这情节最贴切；

因为这一切好像还没有结束。
什么样的名字早该在口袋里
揣上的？他们嘴边那一圈烦忧
人们已经反复擦洗：

它没有擦掉；只变得异常纯净。
胡须倒显得稍微硬挺，

但是按看守的品位更整齐，

以免使那些呆视者感到厌恶。

而在眼睑后面一双双眼珠

打了个转，现在朝里面窥视。

豹

——在巴黎植物园

它的目光已被栏杆的晃过
弄得这么疲惫，什么也抓不住。
它觉得好像有千条栏杆
而千条栏杆后面没有世界。

强劲而轻捷的脚步柔软地行走，
在最小最小的圈中旋转，
像一种力之舞环绕一个中心，
在那里一个伟大的意志晕眩。

不过偶尔瞳孔的帘子
无声地撩起——于是有一幅图像进入，

穿透四肢紧张的静止——

随即在心中消失。

独角兽

那圣人仰起头来，祷告的话语
滑落像一顶头盔从他的头上：
因为正悄悄靠近，那难以置信的兽，
白色的兽，像一只被拐走的牝鹿
无助地祈求以它的目光。

象牙一般的腿的支架
在轻盈的平衡中移动，
一道白光喜乐地滑过毛皮，
而在那前额上，闪烁又静寂，
立着明亮的角，如月光下的钟塔，
每一步都使它挺直高耸。

长着浅灰淡红色绒毛的嘴
轻轻撩起，于是微微的白色
（白于一切）在牙齿上闪亮；
鼻翼张开并悄悄渴望。
但它的目光，不受任何限制，
将图像投入它自己的空间
并完结一个蓝色的神话圆环。

罗马石棺

但是凭什么我们可以不相信，
（像我们被放到某处并分派任务）
并非短时间只有欲望和憎恨
和这种困惑在我们心中盘留，

如像从前在装饰华丽的石棺里
在戒指，神像，彩带，杯盏中间，
在慢慢朽坏的锦衣华服里
躺着一具残尸，已慢慢朽烂——

直到被无从知晓的嘴吞噬，
它们不言语。（哪里有一个头脑

在思考，以便将来服侍那些嘴?)

在那里，从那些古老的渡槽
永恒的水曾被引入石棺——
如今它映现并流淌，亮闪闪。

天　鹅

这种艰难，穿过未做的一切
被捆住一般沉重地走去，
像天鹅未造设的走步。

而死去，即不再抓住
我们每天立足的根基，
像它骇怕的降落：

落入水中，湖水温柔地承纳，
似乎幸福而陶醉，
从下面退走，一浪接一浪：
而它无限沉静，笃定，

益发成熟，益发庄严，

像国王一般从容远去。

一种女人的命运

像国王狩猎时抓起一个杯子，
任何一个杯子，举杯畅饮——
可是随后它就被拥有它的人
收藏起来好像不再是杯子：

命运或许同样，也那么干渴，
偶尔将某一位端到嘴边啜饮，
然后她就被一种细小的生活，
太怕弄碎她，当成非用品

摆放到谨小慎微的陈列柜里，
那里面有他的异宝奇珍

（或是被视为珍奇的玩意儿）。

她陌生地立在那里像个典押品，
无非是变得陈旧变得暗淡，
并不珍奇也从不稀罕。

久病初愈的女人

像一阵歌声来了，走在巷子里，

渐渐靠近并再次望而却步，

拍击羽翼，有时几乎被抓住，

随即再次被远远撒出去：

就这样生命跟痊愈者捉迷藏；

而她呢，躺够了并这么虚弱，

笨拙得无法把自己献出，

便做出一个不寻常的动作。

她觉得这几乎像是诱惑，

当那只已经变硬的手，

手上的炽热相当荒谬，

自远而近，似乎以怪诞的触摸，

伸过来给她坚硬的下巴爱抚。

女盲人

她坐着像别人一样饮茶。
我起初觉得，好像她，与众不同，
有点异样地端起她的茶杯。
她笑了笑。几乎叫人心痛。

当人们终于站起来并摆谈
并慢慢，像偶尔会发生的一般，
走过许多房间（摆谈并大笑），
那时我看着她。她跟在别人后面，

收敛，如像一个女人
马上就得唱歌，在众人面前；

她那双明亮而喜悦的眼睛上
有外面的光好像在湖面。

似乎有什么尚未超越，
她慢慢跟随，她需要漫长；
可是；仿佛，在一个过渡之后，
她不再行走，而是飞翔。

死亡经验

我们对这趟远行一无所知，
它不与人分担。我们没理由
向死亡表示欣赏，爱慕
或憎恶，但一张假面之嘴

哀声控诉，使得它异常丑陋。
世界还充满角色，等待扮演。
虽喜欢我们，但只要我们烦忧，
死亡也介入，虽然不讨人喜欢。

但你上路时，透过那道裂缝，
你由此远去，一抹真实射入

这个舞台：真实的绿之绿，
真实的阳光，真实的树林。

我们演下去。单调地背诵台词，
好不容易学会的，偶尔亮出
手势；但你的此在，虽然被抽去，
虽然被逐出我们的大戏，

有时却袭击我们，像一种感悟——
对彼岸的真实，突然降临，
于是有一刻我们尽情投入
人生之戏，不曾想到掌声。

蓝色绣球花

如像颜料盘中最后的绿
这些叶片，干枯，暗淡而粗糙，
在伞状花序后面，而花序并未
穿着一种蓝，只是远远映现。

它们映现它，哭过而且模糊，
似乎它们又要失去它，
如像在陈旧的蓝色信笺里
它们里面有黄，紫和灰；

洗得褪色了像一条儿童围裙，
不再被穿着的，什么也不再发生：

令人感慨一个小生命之短暂。

但突然那蓝色好像在更新
在某个花序里，于是人们看见
一朵迷人的小蓝花在绿叶前欢喜。

最后的傍晚（出自诺娜夫人的所有物）

黑夜和远方的行驶；整个大军
和火车正从公园旁开过去。
但他的目光越过羽管键琴，
他继续弹奏并看向那淑女

几乎像人们窥入一面镜中：
里面充满了他的青春的轮廓，
他知道它们承载着他的悲痛，
在每个音符旁美丽而更诱惑。

可突然仿佛场景变得模糊：
她好像吃力地站在窗龛中

并抑制心房急迫地跳动。

弹奏缓下来。凉气从外面吹入。
而梳妆台上立着，陌生又蹊跷，
骷髅头上黑色的舌筒状军帽。

1906 年的自画像

眼眶里那固定不变的
出自古老的悠久的贵族。
目光中依然童年之蓝和恐惧
和时而谦卑，不是奴才的
却是仆人的和女人的谦卑。
嘴是做成了嘴的，大而较真，
不善言辞，但是可道出
恰当之物。前额没有恶意
并喜欢在静静俯视的阴影里。

这些，作为关联，才只被预感到；
还从未在受苦或成功中

凝聚成持续不断的实现，

但仿佛一个严肃的，真实的物

已经以远方分散的事物筹划就绪。

国　王

国王年届十六岁。

十六岁而已是王国。

好像从一个埋伏处，他一眼扫过

议院的那些老嘴脸

朝大厅望去而漫无目标

并也许只感觉到这个：

紧贴着狭窄，细长，坚硬的下巴颏

那金羊皮勋章冰凉的链条。

死亡判决书摆在他手边

久久未写上名字。

而他们在想：他好伤脑筋。

他们会知道，假如了解他的脾性，
他只慢慢数到七十
在他签名之前。

交际花

威尼斯的阳光会将我的云鬓
点成一块金子：一切炼金术
庄严的终结。我的眉毛宛如
那些拱桥，你看见它们

引渡于双眼无声的危险之上，
一条秘密通道又将双眼
同海峡连接起来，于是海洋
潮涨潮落，在眼里变幻。

谁见过我一次，便妒忌我的宠物犬，
因为在它身上在走神的间歇时

那只华丽的手，从未被炽情烧成炭，

也不会受伤害，常常在休憩——
而少年们，古老的家族的希望，
死于我的嘴如死于砒霜。

佛　陀

从远处那个胆怯的异邦香客
已察觉，他身上透出金子的光彩；
好似充满懊悔的巨富者
把自己的隐秘存积起来。

但慢慢靠近，他有些糊涂
面对那双眉毛之尊贵：
因为这并非他们饮酒的杯具，
也不是他们的女人的耳坠。

究竟有谁或可说出，哪些
物事曾经被熔化，才能够树立

这个花萼上的这尊雕像：

更加喑哑，更呈宁静黄色，

胜过一件金器并也向四方

触动空间如触动它自己。

罗马喷泉

——博尔赫塞

两个盘子，一个高出于另一个
由一道古老的大理石圆边构成，
从上面的盘子中流水轻声
落向下面的水，而它等候着，

对那轻声细语的报以沉寂
并且秘密地，仿佛在空空的手中，
向它呈现绿和暗后面的天空
如某个从不知晓的事体；

在美丽的碟子里静静扩展
而没有乡愁，出自圆的圆，

只有时一滴一滴像梦幻一般

沉坠，顺着缕缕苔丝的末梢
滑向最后的镜子，它使那托盘，
为层层过渡，从底部轻声微笑。

西班牙舞女

像手上有一枝白色的硫黄火柴，
尚未引发火焰，朝四面探出
颤动的舌头：贴近的观众圈子里
她圆满的舞蹈，闪亮，热烈而急促，
开始颤动并渐渐扩展。

突然它成了火焰，熊熊地燃。

以一道目光她点燃她的长发
并且一下子将她的全部衣饰，
以惊险的技艺，卷人这片烈火里，
从中正探出，像令人恐惧的蛇，

赤裸的，警醒和格格作响的双臂。

尔后：好像她觉得烈火还差劲，
她把它完全收拢并扔到地上，
很专横，以一种傲慢的姿势
并打量：它躺在地上发狂，
还一直在燃烧而没有屈服——
但是以一种问候的甜蜜微笑，
确信自己必胜，她抬起她的脸
并使劲跺把它给灭掉。

尖　塔

——圣尼哥拉教堂的尖塔，弗内斯

终结之内部。好像那里，你盲目地
爬去之处，才是地球的表面，
你向它爬去在溪流倾斜的底部，
溪流从幽暗中缓缓涌出，那幽暗

细细流淌并搜寻，你的脸
使劲穿过它，像复活一般，
你突然看见它，仿佛它沉下来
从这个笼罩着你的深渊，

而你认出深渊，好像它在头顶
在一片朦胧的座椅中，那庞然大物，

翻了个转，你大吃一惊并觉得，

哦，当它上升时，披着毛像一头公牛——

但这时狭窄的尽头那奇幻的光

把你攫住。你在此又看见重霄

几乎在飞翔，炫目重叠着炫目，

和那些深底，醒着并极具功效，

和小小的白昼像帕特尼尔的画面，

同时的白昼，时辰皆并行同步，

桥梁跃过它们像狗群一样，

一直追踪着那条光亮的道路，

只是偶尔它被笨重的房屋

掩藏，直到它完全在背景之中

平静地穿过大自然和丛丛灌木。

马利亚的宗教仪式行列

——根特

从所有塔楼中涌出，一条条河流，
向前翻滚的成群结队的金属
仿佛那下面一个铮亮的白日
要复活，街道是模子，以青铜浇铸，

铸件的边缘，经过敲打并突出，
可以看见五彩的紧密的队列，
崭新的少年和轻盈的姑娘，
那队列卷起并追逐并驮负
层层波浪，被旗帜不确定的重量
拖了下去并被障碍拦住，
看不见了像上帝的手一样；

而在那边几乎突然被拽起来
被那些惊起的香盆的飘浮，
它们飞行，总共七个，在惊恐中
把自己的银链扯住。

观众的斜面包围了电车轨道，
轨道上一切停滞，翻滚并喧响：
那走来的，黄金和象牙的雕像，
其中有华盖猛然向阳台
腾立，在金色的流苏中摇晃。

在一切白色之上他们认出，

被人抬着并身穿西班牙服装，

那座古老的立像，瘦小而热诚的

面孔，孩子抱在她的手上，

他们跪下去，而它越来越近了，

在王冠下面天真却变得陈旧

并依然从大模大样的锦缎中

老是木呆呆地为人们祝福。

可是当它从那些跪拜者身旁

经过时，他们战战兢兢地仰视，

它好像竖起了它的眉毛——

给几个抬杠者的一个指示，

高傲，气恼，铁定不移：
令他们震惊，站住，考虑，
最后犹豫地走起来。但此时

她征用这整个激流的步伐
并独自迎着，好像认出了路，
大大敞开的教堂雷鸣般的钟声
在百个肩头上像女人一样走去。

俄耳甫斯·欧律狄刻·赫耳默斯

这是灵魂的怪异的矿井。
像静静的银矿石一样它们
作为矿脉穿过它的幽暗。血发源于
树根之间并继续走向人们，
而在幽暗中它看起来重如火山岩。
此外再没有什么红色的。

这里有岩石
和空洞的树林。跨越空虚的桥梁，
那个巨大的模糊的灰色池塘
悬挂在它那深远的底部之上
如雨水的天空在一片土地之上。

而在柔和的非常忍耐的草地之间
出现了这一条路的灰白的长带，
如一种长长的苍白被搁下了。

从这一条路上他们走来。

领头的瘦长的男人披着蓝色斗篷，
看上去像哑巴并对前途没耐心。
他的脚步大块大块地吞食着路
无需咀嚼；从垂下的皱褶中
他的双手沉重地吊着并捏成拳头，
再也不知道那只轻轻的古琴，

它已经长进他的左手里

如玫瑰藤长进橄榄树枝里。

他的感觉好像发生了纠纷：

他的目光像一条狗跑在前面，

转身，回来又一次次远去

并站在下一个拐弯处等待——

而他的听觉像一股气味留在身后。

有时候他觉得仿佛它一直

够到另外那两人的行走，

他们该当追随这整个攀登。

然后又只有他往上爬的回声

和他的斗篷的风在他后面。

但他对自己说，他们会来的；
他大声地说并听见它慢慢消失。
他们会来的，只是两人兴许
走得特别的轻。假如他可以
转过头去（假如往后望一眼
并不会破坏这整件大事，
刚刚才实施的），他一定会看见他们，
轻悄的两人，在后面默默跟随着：

那行走和远远传令之神，
明亮的眼睛上面戴着旅行帽，
手执细长的权杖于身前，

踝关节上有双翅扇动；
而被交给了他的左手：她。

这如此被爱的，以致从一只古琴
发出怨诉，竟多于从前出自怨妇的；
以致怨诉化为一个世界，那里面
再一次有了一切：森林和峡谷，
道路和村庄，田野和河流和鸟兽；
以致环绕这个怨诉世界，酷似
环绕另一个地球，有一个太阳
和一个寂静的繁星密布的天空运行，
一个改变了星座形状的怨诉天空——

这位如此被爱者。

她却走在那位神的手边，
被长长的尸带绊住了脚步，
走得不稳当，轻柔而没有不耐烦。
她在自身之中，如有崇高希望的一位，
并未想起那走在前面的男人
和这条攀升进入生命的路。
她在自身之中。而她的已死之在
充满她如充盈。
就像一枚甜美和幽暗之果实，
她满是她的巨大的死亡，

这死亡如此之新，以致她什么也不懂。

她在一种新的童贞之中，
不可触摸；她的性闭合了
如一朵稚嫩的花临近傍晚，
而她的双手已全然不习惯
婚嫁，就连那位轻轻的神
无比轻微的，引导的触摸
也伤害它们好像过分的亲密。

她已不再是这个金发的女人，
在诗人的歌曲中有时唱到的女人，

不再是宽宽床铺的芳香和小岛，
也不再是那个男人的所有物。

她已被解开如长长的秀发
并已被献出如落下的雨
并已被分发如百倍的储藏。

她已是根。

而突然当那位神
一下子止住她并在悲痛的惊呼中
说出话来：他转过身来了——

她什么也不懂并轻声说：谁？

但远远的，暗暗的在明亮的出口前
站着某个人，他的脸
难以辨认。他站着并望见，
在一条草地小径的长带上，
目光无比悲哀，那传令之神
怎样默默转身，跟随那形象，
她已经往回走在这同一条路上，
被长长的尸带绊住了脚步，
走得不稳当，轻柔而没有不耐烦。

维纳斯的诞生

在这个早晨，前一个黑夜惊恐不安地
过去了伴着呼唤，喧嚣，骚乱，
所有的海洋再一次裂开并叫喊。
而当叫喊又慢慢闭合起来
并从天宇那苍白的白昼和开端
落下来并沉入喑哑的鱼群的深渊：
海洋分娩了。

第一缕阳光映红了宽广的波涛阴部
那一片毛茸茸的泡沫，而在阴部边缘
那少女站起来，洁白，恍惚又湿润。
宛如一片绿色的嫩叶动了起来，

伸长了而蜷缩的慢慢张开了，
她的肉体舒展到清凉里
和尚未被触及的晨风里。

像月亮一样明净地升起了双膝
并隐入大腿的云彩边缘里；
小腿肚狭长的阴影退缩了，
双脚绷紧并变得光亮，
而关节生活得像饮者的
喉咙一样。

骨盆的高脚杯里躺着胴体

如童子手中的一枚娇嫩的果实。
而它的肚脐的小杯子里面
是这个明亮的生命的全部昏暗。
那下面翻起淡色的小波浪
并不断漫溢朝两侧胯下，
那里时而有一条静静的溪流。
但被照亮了并还没有阴影，
像一片四月的桦树林，
温暖，空虚和并未遮蔽，躺着阴部。

现在双肩的活动天平
已在挺直的躯干上处于平衡，

而躯干像一道喷泉从骨盆升起来
并犹豫地落下以长长的双臂
和更快地以长发的浓密下坠。

随后那张脸很慢地移过：
从它的斜坡那缩短的昏暗
进入清晰的，水平的隆起
而在此之后下巴陡峭地封闭。

现在脖子伸直了像一束光，
又像一条花茎，里面有汁液上升，
双臂也同时伸展像天鹅的脖子，

当它们寻找湖岸的时候。

随后像晨风一般第一次呼吸
进入这个肉体的昏暗的黎明。
在血脉之树最嫩的枝杈里
发出一阵沙沙声，而血液潺潺
在肉体的那些幽深的部位之上。
这阵风在增长：此时以全部的呼吸
它将自己灌进簇新的乳房里
并充塞它们并鼓满它们——
于是它们像帆一样，充满了远方，
将这个轻轻的少女推向海滩。

就这样女神登陆了。

在她身后，
她迅速走去穿过年轻的海岸，
整个上午冒出了
鲜花和草茎，温暖，恍惚，
像出自拥抱。而她行走并奔跑。
但是正午，在最沉重的时辰，
海洋再一次涨起来并将一只
海豚抛到那同一个地方。
死的，红的，裂开的。

新诗续集
1908

献给我的好友奥古斯特·罗丹

远古的阿波罗残躯

我们没见过他的头，也无人听闻，
脸上眼珠成熟，像苹果一般。
但他的残躯似烛台闪烁至今，
透出他的目光，只是已收敛，

依然闪亮。否则胸部的肌肉
不可能令你目眩，一丝微笑
不可能从悄悄扭动的腰
滑向那承担生殖的中枢。

否则双肩透明的垂落之下
这站立的石头丑陋，粗短，

不会像兽皮那么耀眼；

也不会每条边缘灼灼喷发，
像恒星：因为它从每个角落
看着你。你必须改变你的生活。

克里特的阿耳忒弥斯

丘陵之风：她的额头
不像是一个光亮的物品？
轻快的动物那光滑的逆风，
你塑造她：刻画她的裙服

紧贴无知无觉的乳房
如一种预感变幻莫测？
正当她，仿佛知道一切，
朝着最遥远之物，撩起的裙装

凉爽，同仙女和猎犬一道，
背着箭囊，挽着弯弓

冲进那坚硬的高高荒原；

只有时被陌生的村落所传召
并屈服于，虽气势汹汹，
那为了分娩的叫喊。

勒　达

当那位无计可施的神撞见天鹅时，

他居然也惊讶，发现它魅力无穷；

他消失在它体内，迷迷醉醉。

但他的骗术已使他采取行动，

虽然这不曾尝试的存在之感觉

他尚未检验。而那亮开的仙女

已从天鹅身上认出了来者

并已知道：他只求一处，

那一处，她虽抗拒却迷迷醉醉，

她再也不能掩蔽。于是他下来，

被那只益发软弱的手搂住脖子，

并放纵自己进入他的至爱。

他此时才欣然发觉他的羽衣，

真的变成了天鹅在她的怀腹里。

塞壬之岛

当他向来拜访他的客人们，
很晚了，四周暮色笼罩，
既然他们问起危险的航程，
静静地讲述时：他压根没料到，

他们何等惊恐并转换话题
以何其突兀的言语，好同他一样
看见蓝蓝平静下来的大海里
那些岛屿给镀上一层金光，

这景色却使得危险骤变；
因为此时它不再潜伏于

平时蛰居的惊涛骇浪间。
悄无声息它袭向水手，

他们知道，那些金色岛屿上
有时候会飘来歌声——
于是盲目地拼命划桨，
好像被寂静

所环绕，这寂静将整个旷远
纳入自身并在耳旁飘荡，
仿佛它的另外一面
便是那不可抗拒的歌唱。

恋人之死

他只知道那人人皆知的死：
它抓人，把人驱入哑寂之域。
可当她，不是被它劫持，
不，只从他眼中轻轻散去，

滑向彼岸那些陌生的幽灵，
当他察觉，他们现在拥有
她那少女的微笑像月的光影，
又以他们的方式默默安抚：

就连死人也变得格外熟悉，
仿佛他通过死者与每个人

结下了亲缘，别人的言辞

他听却不信，他称那个国度
永远甜美，恍若仙境——
更替她踏遍每一方冥土。

一个女巫

从前，古时候，人们说她老了。
可是她长驻并每天走过
同一条街道。人们改变了尺度，
以百年计，于是把她算作

一片森林。但每个傍晚
她都站在同一个落角，
黑乎乎像座古老的城堡
高耸而空洞并已烤焦；

那些咒语，在心中越积越多
不由自主也不可阻挡，

始终环绕她飘飞并喊叫，

而那些个，又已回到她身旁，

却阴森地坐在她的眉骨下，

已为今夜准备好了。

押沙龙的背叛

他们用闪电升起它们：
发自号角的风暴正鼓起
丝绸的，有宽宽波浪的军旗。被火光映照出威严的那位
在高大敞开的帐篷里，
四周围着欢呼的子民，
享有十个女人，

她们（习惯于渐渐衰老的亲王有节制的夜晚和作为）
在他的渴求下
翻涌如夏天的麦穗。

随后他出来见他的士师，

雄风丝毫未减，

而每一个靠近他的人

都被他的光刺瞎了眼。

他也这样引领众军

像一颗星辰为年引路；

在所有的长矛之上

他温暖的长发飘拂，

这长发连头盔也盖不住，

有时候会使他厌恶，

因为它们这般沉重

超过他最华丽的衣服。

国王曾经命令

一定要爱护美女。

但人们看见他掉了

头盔在危急的时候

将最凶恶的莽汉

一刀刀砍成一段段

红色的碎尸。

然后久久无人知悉

他的情况，直到突然

有人叫起来：在那后面

他挂在笃薅香树上，

眉毛高高翘起。

这已是足够的引示。

像一个猎手，约押

发现了长发——一根倾斜

扭曲的树枝：那里挂着他。

约押刺穿了那长条的悲叹者，

而给他背刀的卫兵

洞穿了此人全身。

以斯帖

婢女们花了七天从她的长发中
梳尽了她的忧伤的尘埃
和她的悲苦的残渣和沉淀，
又托起长发在露天里晾晒
并以纯正的香料来滋养它们
还是在这几天：但随后那时辰

已经到来，那时她，并非必须，
也本无期限，像个死人一样
走进那洞开而透出杀气的宫殿，
好立刻，被她的侍女抬在肩上，
在她的路的尽头见到那一位，

谁靠近他，就会死在他身旁。

他熠熠放光，于是她也感觉到
她头上王冠的红宝石突然闪亮；
她迅速让他的神情充塞自己
如一个容器并已满满当当

并且再也盛不下国王的威力，
此时她尚未走过第三间殿堂，
四壁皆是孔雀石，一片碧绿
蓦地朝她涌来。她未曾料想，

得走这么久，身上有这么多珠宝，

它们愈加沉重因国王的照耀

而且寒冷因她的恐惧。她走呀走——

当她终于看见他，几乎从近处，

斜躺在他那电气石的王座上，

摊成一大堆，真的像一个器物：

右边的那个宫女上前来接待

这没了力气的人儿，扶她坐下去。

他用他的节杖的尖端触摸她：

……而她心里明白这并非挑逗。

末日审判

这般惊恐，像他们从未惊恐过，
乱套了，常常散架了，窟窿满身，
在他们田野上爆裂的褚石里蹲着，
他们绝不可以从他们的浴巾，

他们喜欢上的，分离开来。
但是天使莅临，好将油
滴入干枯的关节之臼，
好将那一件物事放在

每个人腋窝里，他不曾亵渎它，
当他的生命还充满喧哗；

因为在那里它还有一点温暖，

不至于凉着上帝之手，
当他轻轻从每个方面
触摸它，以感觉它管用与否。

炼金术士

古怪地嘲笑着，这实验员将烧瓶
推开，冒着烟虽已平静许多。
他现在知道，他还需要什么，
以便那十分尊贵的结晶

在里面形成。他需要许多时代，
若干千年为自己和这个头颅，
里面在沸腾；脑子里有星宿
而在意识里至少有大海。

对这非凡之物他梦寐以求，
今夜他要释放它，让它复归于

上帝和自己古老的样态；

而他却，像一个醉汉喃喃自语，
躺在保密书柜上并渴望那一块
黄金——终于被他占有。

黄　金

试想它不存在：它必须最终
在大山里面形成矿苗
并且在江河里沉淀下来——
由于他们意志的发酵，

由于欲念；由于这种强迫观念：
一种矿石竟高于一切矿石。
他们一再从自己心中
抛出米罗厄（Meroë），远远抛至

大地的边缘，抛入太空，
超出已曾经验的之外；

而儿子们后来有时候

把父辈所预言之物，

锻炼和蹂躏过的，带回家来；

在那里它养一阵伤，好随即

离开亏蚀金钱的人，

它从不喜欢他们。

只是在最后一夜（人们说）

它下床来打量他们。

埃及的马利亚

自从她当初，床一般热，身为妓女
逃过约旦河并只给人畅饮
那颗纯粹的永恒之心，
就像给出一个坟墓，

她早早的献身便日益增长成
这样一种伟大，什么也止不住，
以致她最终，如人人永恒的裸露，
以渐渐泛黄的象牙之身

躺在那里，躺在枯发的头皮屑里。
一只狮子转着圈；一个老头

向它招手，叫它助一臂之力：

（于是他俩一起掘土。）

老头把她放进坑去。

而狮子，如像捧着族徽，

蹲在旁边并捧着岩石。

复活者

直到临死他始终未能
拒不接受或者否定：
她为她的爱感到自豪；
她扑倒在十字架跟前，
痛苦之衣裳此时缀满
她的爱的最大的珍宝。

可当她后来，为给他涂圣油，
走到坟前，满脸的泪珠，
他复活，因为她的缘故，
他想更极乐地告诉她：不——

回到草棚里她才醒悟，
最终——他的死使她坚强，
他那样拒绝圣油的安抚，
不准她有动情之预感，

是为了把她造就成一个爱者——
不再迷恋自己的情人，
因为她，被狂飙席卷而去，
必将超越他的声音。

圣母颂

她爬上山来，已很吃力，几乎
不相信什么安慰，希望或办法；
可此时那位年高望重的孕妇
诚挚而自豪地迎向她

并知道一切，虽然她未告诉她，
这时她突然靠着她歇一歇；
两个有身子的女人小心扶持着，
直到年轻的说道：我感觉，

仿佛我，爱，从现在起永远存在。
富人们虚荣，但几乎一眼不看，

上帝便洒掉他们的微光；

可他细心寻找一个婆娘

并给她注满他最遥远的时间。

于是他找到我。你好好考虑吧；为了我

发出号令从星宿到星宿——

要颂扬并抬举，我的灵魂呀，

这般高如你所能：这位主。

亚　当

他惊奇地站在这座大教堂
陡直的上升旁，靠近窗棂的玫瑰，
仿佛震惊于自己的名望，
它一直增长并且一下子

使他君临衮衮诸王之上。
他耸立并如此欢喜：他的不朽
早已一锤定音；他成了农夫，
创始的，而且他不知道，怎样

从那座圆满却已结束的伊甸园
找到一条出路，引他进入

新大地。上帝难以说服；

而且他一再，非但不予成全，

威胁他，说他必定死去。

可是人赓续：她将会分娩。

夏　娃

紧贴窗棂的玫瑰，单纯的站立，
靠近教堂伟大的趋升，
手执苹果并以苹果的姿势，
无辜却有罪，一次即铸定，

站在她分娩的胎儿身边，
自从她怀着爱最终走出
永恒的界域，好历尽险阻
穿越大地，像幼稚的一年。

啊，她多想在那个国度
再逗留一时半晌，

欣赏鸟兽的理智与和睦。

但既然决定委身于亚当，
她便跟随他追求死亡；
她几乎不识上帝的模样。

疯　子

他们沉默，因为他们的知觉中
隔膜已经消除，
而他们难以被人理解的时辰
正开始并缓缓逝去。

常常在夜里，当他们走到窗前：
突然一切皆美好。
他们的双手放在实物里，
而心灵崇高并或可祈祷，
憩息的目光落到

出乎意料的，常常走了样的

花园上，这宁静的方块地

在陌生世界的反光中

继续生长并永不消失。

陌生的家庭

就像尘埃，以某种方式开始却不在
任何一处，为了不可解释的目的
在一个空空的早晨在一个正有人
打量的角落，飞快凝结成一团浅灰，

他们也这样形成于，谁知道由什么，
你的脚步前面在最后一刻时
而且是巷子潮湿的沉淀物中间
某种隐隐约约的东西，

它正盼望你。或者不是盼望你。
因为一个声音，像是从去年发出，

虽然对你歌唱却变成一种恸哭；

还有一只手，像是从哪里借来，

虽然探出来却并不握住你的手。

究竟谁还会来？这四人将谁期待？

清洗尸体

她们已经习惯他了。可是
当厨房的灯来了，在昏暗的气流里
不平静地燃烧，这个陌生者
倒格外陌生。她们洗他的脖子，

因为对他的命运一无所知，
她们便替他另外编造一段，
继续洗下去。一个不得不咳嗽，
于是好一会让沉重的醋酸海绵

搭在脸上。这时另一个也正好
歇一口气。那把硬硬的毛刷

有水珠滴答；与此同时他的手，
攥紧而吓人，似欲向整座房屋
表示，他真的已经不渴啦。

他表示。她们好像有些害臊，
随一声短短的咳嗽现在赶紧
忙活起来，于是在糊墙纸上
沉默的图案里她们弯曲的身影

盘绕并辗转像是在一张网里，
直到清洗的工作即将完成。
没有帘子的窗棂里的黑夜

肆无忌惮。而一个无名之人
平躺着，赤裸而洁净，并昭示法令。

盲　人

——巴黎

看呀，他行走并中断这都市——

并不存在于他昏暗的位置，

像一道昏暗的裂缝划过

明亮的瓷杯。又像一张纸，

事物的反光描在他身上；

但是他并不接受。就只有

他的感觉在活动，仿佛

在捕捉微波里的宇宙：

一种寂静，一种抗力——

尔后他好像等待着选择谁：

献出自己他举起他的手，

近乎喜庆，似欲婚配。

一个枯萎的女人

轻轻的，好像是在她死后
她戴上手套披上沙帔。
从她的五斗橱飘出的芳香
早已驱散了那亲切的气味，

从前她以此辨认自己。
如今这问题已不再考虑，
她是谁（一个远方的亲戚），
她常在沉思中走来走去

并照料一个腼腆的房间，
打扫，清理又爱惜，

因为也许同一个少女

还总是住在那里。

班　子

——巴黎

仿佛某人迅速采编了一束花：
偶然也匆忙整理着这些脸，
弄松它们又重新压得更紧，
抓住两远的，放开一个近的，

拿这个换那个，把某一个吹醒，
从一片混杂中抛出一只狗如野草，
把显得偏低的那个的头往前拽，
好像穿过乱纷纷的花茎和花瓣，

再把它捆扎在边缘毫不显眼；
并再次伸展，做出改变和调整

并且正好有时间，为了察看

往回跳到垫子中间，垫子上
那个肥胖的，摆动钟锤的汉子
随即使他的沉重膨胀起来。

黑　猫

一个幽灵还是像某一处，在那里
你的目光跟一种声响碰撞；
但是在这里，你最顽强的注视
被溶化，在这片黑色的皮毛上：

像一个疯子大发狂暴，跺脚
跺进了黑暗之中，一刹那
在一间小室那消气的软垫上
终于消停并蒸发。

就是说，每一次射向它的目光，
它似乎全都收藏在自己身上，

好冲着它们，既恼怒又恐吓，

瑟瑟发抖，并与其共眠。

但突然它好像惊醒过来，

转过视线正对着你的视线：

这时候在它圆圆的眼珠

那黄黄的龙涎香里，不可思议，

你又碰上你的目光：被裹住

就像一只绝了种的虫子。

剧院的楼厅

——那不勒斯

被楼厅上部的狭窄
像被一名画师所安排，
又像被编扎成一束
正在衰老的脸，椭圆形，
夜晚里清晰，她们看起来
更完美，更感人，好似永恒。

这些相互依仗的姐妹，
仿佛她们正从远处
没有盼头地相互盼望，
相依相靠，孤独靠着孤独；

而哥哥保持庄重的沉默，
饱经风霜，显得老道，
却被一个柔和的瞬间
暗中跟母亲做了个比较；

而在他们之间，早就跟谁
都不相像，脸长而老朽，
一个老妪的假面，落落寡合，
像在坠落中被那只手

止住了，可是第二张假面
更枯萎，仿佛它继续滑行，

挂在下面那些衣服前

那张童子脸的旁边，

最后这一张，苍白的脸色，

试图又被栏杆划掉

像还不可确定，还不可揣测。

风　景

好像最后，在一个瞬间
堆积而成由古老重霄的断片，
山坡，房屋和毁坏的桥拱，
并从那边而来，好像被命运，
好像被夕阳沉落所击中，
被控告，被撕裂，豁然敞开——
那地方仿佛正以悲剧告终：

不是一下子沉入伤口，在里面
洇散，出自下一个时辰
那一滴清凉的蓝，
已将夜色掺入黄昏，

于是那从远处被点燃的伤口
慢慢熄灭如救赎。

大门和圆拱处处宁静，
透明的云彩波动
在一排排房屋之上，
房屋将昏暗吸入自身之中；
但突然有一道光从月亮
划过，闪亮，好像在某处
一位大天使把剑拔出。

罗马远郊的低地

起自高楼林立的都市，它宁肯
睡去并梦想高处的矿泉浴场，
这笔直的坟墓之路进入激狂；
而最后的农庄那一扇扇窗门

以一种凶恶的眼光目送它远去。
它们一直紧贴在它的后颈，
当它远去并摧毁，无论左右，
直到它在远方紧张地召唤神灵

并且将它的空虚升向重霄，
匆匆地东张西望，看是否还有

窗门加害于它。当它挥手

要那道长长的水管桥过来相聚，

重霄便赠予它，以此作为回报，

自己的空虚——比它活得更久。

大海之歌

——卡普里岛，皮科拉—马里纳

大海亘古的吹拂，

夜里的海风：

你不是来把谁拜晤；

若有未眠人，

他须思忖，他怎样

把你经受：

大海亘古的吹拂，

这风儿好像

只吹向古老的山峦，

从远处

携来纯粹的空间……

哦，头上月光里

坐果的无花果树

又怎样感受你。

鹦鹉公园

——巴黎植物园

在开花的土耳其椴树下，在草坪边缘，
在笼中，笼子被它们的乡愁轻轻摇荡，
长尾鹦鹉呼吸着并知道它们的故乡，
即使它们望不见，始终不会改变。

陌生地在忙碌的绿色中如一次检阅，
它们矫揉造作，觉得自己太可惜，
并以珍贵的喙，出自碧玉和翡翠，
咀嚼灰色物，觉得它乏味并将它乱撇。

下面灰暗的鸽子正将不好吃的剔出，
而上面幸灾乐祸的鸟儿相互鞠躬

在两个几乎挥霍一空的料槽之间，

但随后又摇摆，张望并睡眼惺忪，

玩弄嘴里阴暗的，喜欢撒谎的舌头，

拿脚上的套环消遣。只盼着谁来看。

肖　像

但愿她那些巨大的痛苦
无一从放弃的脸上脱落，
慢慢穿过悲剧，她带着
她的美貌那枯萎的花束，
梦幻般捆扎，几乎已松开；
偶尔有一个失落的微笑，
如一朵晚香玉，倦慵地掉出来。

她在那上面镇静地逝去，
倦慵，双手美丽而盲目，
它们找不到它，它们清楚——

她念着虚构的故事，故事中
命运踌躇，想要的，不知哪一种，
她将她心灵的意义赋予它，
于是它爆发好像它不平凡：
好像一块石头的呼喊——

而她呢，以高高抬起的下巴，
让所有这些言语再次发出，
并非永久的；因为这一切无一
符合那种悲苦的真实，
符合它唯一的所有物，
这一个，如一件无脚的容器，

她必须高高捧起，超出

夜晚的进程和声誉。

威尼斯的晚秋

这座城已不再漂浮，像鱼饵一般
捕捉所有冒出水面的白昼。
更沙哑的声音从玻璃宫殿
触及你的目光。夏天的残躯

探出花园，像一堆木偶
疲倦，被杀害，头朝前。
但是从地下从老树林的骷髅
升起了意志：仿佛一夜之间，

那海军上将一声号令，
集结的战船定能翻番，

好让船队给翌日的晨风

涂上焦油，于是桨橹挥动，

百舸竞发，一面面军旗浮现，

突然遇上风暴，辉煌，沉沦。

一个总督

外国使者看见了，他们怎样
吝惜他和他所做的一切；
他们激励他趋向高尚，
也以更多的限制者和间谍

围困金灿灿的总督官职，
唯恐那权力，是他们特别小心
在他身上（如人们饲养狮子）
培养的，哪一天危害他们。

但是他，被他半遮蔽的知觉保护，
对此却未觉察并日复一日

愈加高尚。他内心里的权欲，

参议会认为必须加以抑制，
他自己抑制了。它已被战胜
在他的白头里：他的脸已表明。

斗　牛

——纪念蒙特斯，*1830*

打从它，还没长大，逃出
公牛的围栏，受惊的耳目，
并好像在游戏中接受了
长矛骑士的倔强和皮带钩，

这暴烈的形象便底气十足——
看呀：由黑色的旧恨新仇
堆积出一副什么样的躯体，
脑袋也攥成了一个拳头，

不再是冲着某个人游戏，
不：它挺起流血的钩形脖颈，

在被砍掉的双角后面，
知道并一贯冲着那人，

裹在金黄及粉红偏淡紫的绸子里，
他突然掉头并让这惊愕者，
像一群蜜蜂而他仿佛
正受到攻击，从他的胳膊下

穿过去，而它的目光再一次
热切地抬起，可随意环视，
仿佛外面那圈子闪现出来
从那目光的闪亮和昏暗中，

从它眼睛的每一次眨动中，

在他镇定地，没有敌意地，
靠着他自己，泰然地，随意地
将他的剑几乎轻柔地沉入
因这失手的一刺而再度
滚滚涌来的巨浪之中。

唐璜的选择

那天使威胁地走近他：为我完全
准备好吧。这就是我的指令。
因为有个人超越那些人，
他们使最亲爱的从她们那一方
感到悲苦，他为我所需要。
虽然你能够爱得稍好，
(别打断我：你误会了)，
可你在燃烧，而经书上写道，
你要将许多人引向
孤独，它有这样一条
幽深的入口。让她们
进来吧，我指派给你的人，

以便她们在成长中经受

埃洛伊兹并压过她的呼叫声。

圣格奥尔格

她一整夜都在呼唤他，
这位处女跪倒在地，
虚弱而警醒：看呀，这条龙，
我不知道，它为何不睡。

这时他骑着棕黄马突破拂晓，
熠熠闪亮铁铠和甲胄，
他看见她悲伤而痴迷地
从跪拜朝上望去

望见那团光，那便是他。
而他似一道光纵贯高原

举着双手朝下疾速

奔入昭然的危险，

太可怕，她却祈求他救命。

她愈加跪倒地跪倒，紧紧

使双手十指交叉：愿他获胜；

因为她不知道，此人非常人，

她的心，纯洁而又坚贞，

正将他从神灵护送之光中

拽下来。在他搏斗的身旁

立着她的祷告，如塔尖高耸。

阳台上的女士

突然她，被风包裹着，光亮地
步入光亮，像特地被挑出，
而此时卧室像在她身后
挪过来塞满了门户

昏暗像一件宝石首饰的衬底，
这首饰让一道光透过边缘；
你觉得还不到傍晚，在她
走出来之前，以便她悠然

将自己的什么搁上栏杆，
双手，以便格外轻盈：

仿佛被那一排排房顶

递给天空，为一切而动情。

相遇在栗子树林荫大道上

他被入口那一片绿色幽暗
清凉如一袭丝绸袍子所笼罩
他还是披上并理顺：此时正好
在另一个透明的尽头，很远，

从绿色阳光中，像是从绿玻璃中，
白白的有一个孤单的形象
突然闪亮，似欲久久停顿
并最终——洒下来的强光
每一步都流过它全身，

将身上的一种光亮变幻驮过来，

这变幻在淡黄色中胆怯地退去。
但是阴影一下子变得深厚，
而临近的双眼已经打开

在一张脸上，又新又清晰，
这张脸在一幅肖像上逗留
片刻，而此时两人又分手：
先渐行渐远，随后彼此消失。

玫瑰内部

对于这种内，哪里是一种外？
人们将这样的亚麻布
放到哪种痛苦上？
哪些天宇在此中映出
在这些敞开的玫瑰，
这些无忧的玫瑰的
内湖里，瞧这里：
它们怎样松散地躺在
松散物中，一只颤抖的手
似乎绝不会倾洒它们。
它们几乎不能够
保持下去；许多让自己

被充得满满的

并从内空间溢出

进入日子，日子合上自己

越来越丰满，

直到整个夏天化为

一个房间，一个梦中的房间。

镜前的女人

像是给安眠酒加上香料
她把她的倦容轻轻
溶入清澈如水的明镜；
再投进她全部的微笑。

她等待水面慢慢升涨；
然后又把一头长发
浇入镜中，秀美的肩胛
耸出晚礼服，她从这镜像

静静地饮。她饮沉醉时
情郎啜饮的酒浆，

审视着，心里充满怀疑；

当镜底映出壁柜，烛光
和迟暮时的阴郁，
她才向侍女挥了挥手。

乘车抵达

这一摆动可是在马车的弯转中？
它可是在目光中，某人以此目光
将巴洛克的天使雕像，充满回忆
立在田野上蓝色的钟声里，

接纳并保持并又留下，直到
徐徐关闭的城堡公园围着行驶
挤过去，贴着它漫步，笼罩着它
并突然释放它：因为大门在那里，

此时大门，仿佛召唤过它，
迫使长长的正面拐了个弯，

拐弯后它停立。有一道闪光

滑下玻璃门；而一只灵犭十是
随门开窜出，它那靠近的两胁
被平坦的台阶托着下来。

红　鹳

——巴黎植物园

在此镜像中（如弗拉戈纳尔的笔墨）
却并未将它们的白和它们的红
给出比某人告诉你的更多，
当他说到他的女友：她始终

睡眠般柔和。因它们升入绿色
并站定，在粉红茎秆上轻盈旋转，
在一起，开着花，仿佛流连花坛，
比弗吕娜更诱惑，她们诱惑

自己；直到它们将眼睛的灰白
盘颈藏入自己的侧腹，

那里面黑和果红隐隐透出。

突然有忌妒尖叫穿过鸟宅；
而它们伸展开来，吃了一惊，
并各自步入幻想之境。

拐　骗

孩提时她常常避开婢女们
（因为她们内心迥然不同），
只为在自己开始之时
到外面去看黑夜和寒风；

但没有一个暴风雨的夜晚
将巨大的公园撕成这样的碎片，
如同眼下她的良心撕碎他，

他正从柔滑的梯子上搂住她
并把她扛走，走呀，走呀……

直到马车便是一切。

她闻到了它，漆黑的马车，
围着它捕猎屏息站定
以及危险。
她发觉车里的衬布冰冷；
而她心里也漆黑又冰冷。
她缩进大衣的领子里，
摸一摸头发，好像还在头上，
并陌生地听见一个陌生人说：
我在你身旁。

族　徽

盾牌像一面镜子，远方的它承受
并纳入自身之中，悄无声息；
从前是敞开的，于是吞噬
那些存在物

的一幅镜像，它们隐居于
氏族的遥远处，这绝非臆想，
也吞噬氏族的事物和真实之镜像
（右边的在左，左边的在右），

这一切镜子都承认，说出并展示。
那上面，以荣耀和暗淡做装潢，

眠息着缩短的面甲头盔，

翼翅的宝石则高高在上，
而那副面甲，像充满愤慨，
激动而华丽地倾跌下来。

孤独者

不：该拿我的心造一座塔楼
而我自己被立在它的边缘：
那里没别的，除了一次痛苦
和不可言说，除了一次尘寰。

除了超大物之中的一个孤独物，
它变得阴暗复又变得光荣，
除了一张最后的，渴望的脸
被逐入那永不可满足的之中，

除了一张最外在的石头脸，
顺从于自己内在的重量，

旷远静静地毁灭它，迫使它

越来越喜乐欢畅。

苹果园

——博尔格毕花园

太阳落山后就赶紧来吧，
来看那草地的傍晚之绿；
可不是吗，仿佛我们早已
在心中将它收藏和积蓄，

只为此时从感觉和回忆中，
从新的希望，半已忘却的欢乐中，
还混合着内心深处的幽暗，
将它随思绪撒入这一片朦胧，

撒入似乎是丢勒的树木中，
它们承载着饱满的果实里

一百多个工作日的分量，
服侍着，充满耐心并尝试，

这超过一切限度的分量
还可以怎样提升和奉献，
若某人情愿，以漫长的一生
生长并沉默并只要这一件。

穆罕默德的受命

但那时，当那位可一眼认出的大神：
天使，正义，纯粹，熠熠放光，
步入他的隐身处：他却半晌
提不出任何要求，只敬请

天使屈尊稍留，这商人，
走南闯北反倒更迷惘；
他从来不读书——现在何况
这样的箴言，对智者也太深。

但天使，很专横，一遍遍教他
那本书上写的是什么，

一点不放松，又催促：读吧。

于是他读：竟引得天使屈身。
便有了一个人，他读过，
他能，他听从并完成。

皮　球

你，圆形物，它将出自两只手的温暖
在飞行中，在上面交出，无忧无虑
像是它自己的；那无法在物体中
留存的，对它们而言太无重负，

太少的物，却仍是足够的物，
以免从一切外部排列物身上
突然不可见地传入我们心中：
它已传入你心中，你，沉落或飞翔

尚未决定者：此者，当它上升时，
仿佛它已将二者一同升上去，

引诱并释放抛掷——转向并中止
并突然从上面给游戏者们
指出一个新的位置，
将他们排列成一个舞蹈造型，

好随后，为众人所等待和期盼，
迅速，简单，无技巧，纯自然，
归于高高的手掌之盘。

狗

那上面由目光构成的世界图像
不断被更新而且有效。
只有时，很隐秘，一个物露相，
来到它身旁——当它奋力穿过

这图像，并同它一样低下，别异；
未被逐出也未被纳入，
犹豫之间它把自己的真实
献给渐渐淡忘的画图，

以便把它的脸嵌入其中，
一次又一次，似已明白，

几乎是乞求，差不多认同，

但又放弃：因为它似乎不存在。

灵光中的佛

一切中心之中心，核之核，
封闭的愈加甜蜜的杏仁，
这万有直至万千星子
是你的果肉：向你致敬。

瞧，你好像觉得已了无牵挂；
你的皮壳在无限里面，
那里积蓄着浓缩的果汁。
靠什么滋养？外面的光焰！

因为高天上你那些太阳
饱满，灼热，正在回转。

但在你心中，那比恒星

更恒久的已有了开端。

挽歌

1908

为一位女友而作

写于1908年10月31日，

11月1和2日

巴黎

为沃尔夫·格拉夫·封·卡尔克罗伊特而作

为一位女友而作

我拥有死者，我曾让他们远去
并惊讶，看见他们如此放心，
如此迅速地以死亡存在为家，
如此适宜，如此迥异于他们的呼唤。
唯独你，你现在归来；你掠过我，
你回转，你想撞上什么，好让它
发出你的声响并将你泄露。
哦，别抢走我慢慢学会的东西。
我是对的；你错了，要是你被感动
而对某个物怀有乡愁。我们
转换它；它不在这里，我们将它
从我们的存在中反映进来，

一旦我们认出了它。
我曾经以为你更遥远。这使我
困惑，恰恰你错了并来了，你所
转化的多于任何一个女人。
我们震惊，当你死去时，不，
你强大的死亡阴暗地中断我们，
使直到那时与从那以来断裂：
这个与我们相关；把这个理顺
将会是我们与众人要做的工作。
但这个：你自己震惊，现在也还有
惊恐，当惊恐已不再管用之时；
你正在失去一段你的永恒

并在这里走进来，朋友，在这里，
在此一切还不存在；你分散了，
第一次在宇宙中分散和一半，
未曾像这里每一个物那样
抓住那些无限的本性的上升；
而且从已经接受你的循环中，
某一种平衡轮的哑寂的重力
将你往下拽至已点清的时间——
这个常在夜里惊醒我，像入室之贼。
也许我可以说，你只是降贵纡尊，
你来是出于慷慨，出于丰盈，
因为你如此沉着，在你自身之中，

于是你东游西逛像一个孩子，

不害怕你可能被伤害的那些地方——

但不是：你请求，这请求直透入

我的骨头并横拉像一把锯子。

哪怕是一个谴责，你作为幽灵带来的，

直到现在才带给我，当我在夜里

缩回到我的肺里，五脏六腑里，

我的心脏最后最可怜的小室里，

一个这样的谴责也不会这般

严重如这个请求。你请求什么？

说吧，要我去旅行？你可在某处

留下了一个物，它感到痛苦

并想跟随你？要我去一个国度，
你没有见过的，虽然你曾觉得它
亲近像你的感觉的另一半？
我愿意在它的江河上航行，我愿意
登上河岸并询问古老的风俗，
我愿意跟门边的妇人们摆谈
并观望，当她们叫唤她们的孩子。
我愿意记住，她们怎样在那里
披上风景，在外面草地和田野上
做古老的农活时；我愿意求她们
把我引到她们的国王身前
并愿意以行贿来诱惑祭司们，

让他们带我到最强大的塑像前，
然后离去并关上神庙的大门。
然后我就愿意，要是我记得许多，
仔细打量那些动物，直到
有点什么随它们的转身滑过来
进入我的关节；在它们的目光中
我愿意有短暂的此在，那目光抓住
并慢慢放开我，平静，没有评判。
我愿意让园丁随意告诉我许多
许多的鲜花，好让我以美丽的
专有名词的花盆将上百种
芳香的部分残余带回家来。

而果实我也愿意买一些，那个国度
再次在果实里，一直达及天宇。
因为你懂得这个：饱满的果实。
你曾将盘中的果实放到你面前
并以色彩抵消它们的沉重。
就像看果实你也这样看女人
和孩童，都是从内部萌芽
进入自己此在的形式。
并看你自己最后如一枚果实，
从你的衣服中取出自己，把自己
弄到镜子前面，让自己进去
唯余你的观看；它宏大地留在

镜前而不说：这是我；而是：这存在。
这么不好奇最后你的观看，
一无所有，这么真实的贫困，
以至于它不再渴求你自己：它神圣。
像这样我愿意留住你，一如你曾经
将自己置入镜中，深深进入
并远离一切。为何你别样地到来？
为何你取消自己？为何你想要
使我相信，那种重力之沉重
当时还有些在围绕你脖子的
那些琥珀珠上，正如它从不在
平静下来的画面之彼岸；为何你

以你的姿态向我表示一种
不祥的预感；是什么叫你解释
你肉身的轮廓如一只手的纹路，
若无命运我再不能看清它们?
到烛光里来吧。我并不害怕
观看死者。如果他们到来，
他们就有一种权利，逗留在
我们的目光里，像别的物一样。
过来吧；让我们安静一会儿吧。
看一看我书桌上的这朵玫瑰；
包裹它的光难道不这般胆怯
如你头上的：它也不可以在这里。

它原本必须待在外面花园里，
不跟我掺和，或者逝去——现在
它这般延宕：我对它有何意识?

不用害怕，如果我现在来理解，啊，
此意识正产生在我心里：我只好这样，
我必须理解，哪怕我因此死去。
理解，你在这里。我理解。就像
一个盲人理解周围的一个物，
我察觉你的命运而不知其名。
让我们同声怨诉某人曾将你
从你的镜中取出。你还能哭吗?

你不能。你的眼泪的力量和涌动，
你已将其转化为你成熟的观看
并已开始将你身上的每一滴
汁液转变成一种坚固的此在，
它上升并盘旋，平衡并敢于冒险。
那时一个偶然，你最后的偶然
将你拽回从你最远的进步
回到一个世界，在此汁液愿意。
不是整个儿拽你；先只拽一块，
可是当围绕这一块日复一日
现实不断增长，使它变得沉重，
那时你需要你整个：那时你离去

并且将你以碎块从法规中
艰难地拆出，因为你需要你。那时
你拆除你，从你心灵温暖如夜的
土壤中刨出依然绿色的种子，
期望你的死从中萌芽：你的死，
你自己的死配你自己的生。
并且吃它们，你的死亡的谷粒，
如其他所有人，你吃它的谷粒，
并有一种甜甜的回味在你心中，
不是你想要的，并有甜甜的嘴唇，
你：是甜甜的已在内部的感觉中。
哦，让我们怨诉。你可知道，你的血

怎样从一种无与伦比的循环中
犹豫地勉强归来，当你召回它时？
它怎样困惑地再次接受肉身的
小小循环；它怎样充满猜疑
和充满惊诧地走进胎盘里，
因遥远的归程突然感到疲惫。
你驱赶它，你把它向前推去，
你把它硬拽向炉灶那边，就像
人们把一群牲畜拽去做祭品；
并且还希望它此时高高兴兴。
而你最终迫使它就范：它高兴
并跑过来并献出自己。你觉得，

因为你已习惯于不同的量度，
这大概只需要一小会儿；但是
你眼下在时间之中，而时间漫长。
时间流逝，时间增长，时间
像一种漫长的疾病的复发。
你的生命好短暂，要是你拿它
跟那些时辰相比较，那时你能吃
并默默弯曲你那许多未来的
许多力量，使之垂向那新的
婴儿胚胎，这个又是命运。
哦，痛苦的工作。哦，超过一切
力量的工作。你做它日复一日，

你拖着脚步走向它，从织布机中
牵出美丽的纬纱并别出心裁地
使用你的一切棉线和丝线。
而最终你还有勇气去参加庆典。
因为这件事成了，你得受奖赏，
像孩子们，当他们把苦里带甜的茶
喝完之后，它也许使人健康。
于是你酬谢自己：因为跟任何人
你都离得太远，现在也还是；
恐怕谁也想不出，哪种酬谢
使你开心。你知道。你坐月子时
什么都吃光，你面前有一面镜子，

将一切全呈现给你。此时这一切
便是你并全在那前面，而那里面
只是假象，每一个女人的美丽的
假象，它们谁不喜欢披挂
装饰品并且梳理和改变秀发。
就这样你死去，如从前的女人死去，
在温暖的家中你依然旧式地
死那产妇之死，她们想要
再闭合自己却再也无能为力，
因为那幽暗，她们同时分娩的，
再次归来并推挤并进入。

是否人们本来仍须将怨妇们
惊吓起来？妇人们，那些为金线
而哭泣的，人们可以付钱报偿，
她们会彻夜恸哭，当四周寂静时。
让风俗来吧！我们没有足够的
风俗。一切在离去，耗尽于言辞中。
所以你必须来，死的，并在此与我
补回怨诉。你听见我怨诉吗？
我想将我的声音像一块布
抛到你的死亡的碎片上面
并使劲拽它，直到它破烂不堪，
而我所说的一切想必便这般

褴褛地在此声音里挪动并挨冻；

一直在怨诉。可是我现在控诉的：

不是曾将你从你召回的那一个，

（我无法找出他，他跟所有人一样）

可是我借他控诉所有人：那男人。

如果某处有一种孩童之曾在

正深深在我心中产生，我还不认识，

也许我童年最纯粹的孩童之存在：

我不想知道它。我想以此造出

一位天使而无须看上一眼

并想将他抛入呼喊的天使的

第一列，他们会提醒上帝的。

因为这种忍受已延续太久，
没人受得了；这对我们太艰难，
迷惘地忍受错误的爱情，
对年久失效它放心如对习惯，
自称是种权利并因不正当而蔓延。
哪里有一个有权占有的男人？
谁能占有这不可能保持不变的，
它只是偶尔极乐地接住自己
又抛出自己如一个孩童玩皮球。
就像那名统帅很难将一位
胜利女神留在战船的船头，
当她的神性那隐秘的轻盈

突然使她飘进明亮的海风里：

我们中间的某人也很难唤回

那女人，她再也看不见我们而且

在她那狭窄的一长块此在上

像凭借奇迹离去，没有事故：

对罪过他兴许真有使命和兴趣。

因为这就是罪过，若某事是罪过：

没有给一个爱人的自由增添

某人在自身之中获得的一切自由。

当我们相爱时，我们就只有这个：

相互放弃；因为我们相互抓住，

这对我们很容易而无须再学。

你还在这里吗？你在哪个角落？
你对一切已经知道了这么多
并已经会这么多，当你这样离去
为一切敞开，如正在破晓的一天。
女人受苦：爱意味着长守孤独，
而艺术家有时在工作中感觉到，
他们必须转化，当他们去爱时。
你曾经开始二者；二者如今在这个中，
一种名望正使它变丑并从你夺走它。
啊，你曾经远离任何名望。你不曾
引人注目；你曾经悄悄收敛了
你的美丽，像人们把一面旗帜

收拢在一个工作日灰色的早晨，
你一无所求，除了一件长久的工作，
它没有完成：还是没有完成。
要是你还在这里，要是这昏暗中
还有个地方，在此你的亡灵
敏感地随平淡的声波一同振荡，
它们被一个声音，孤零零在夜里，
所激发在高高的房间的气流里：
你就听我说：帮帮我。瞧，我们这样，
不知何时，从我们的进步滑回来，
滑入并非我们想要的某个物事中；
我们被缠在那里面仿佛在梦中，

我们死在那里面而没有醒来。
没有人更远。对于每个人，他曾将
他的血升入一项旷日持久的工作中，
都可能发生：他再不能高高托住它，
它按它的重力而行，没有用处。
因为在生活与宏大的工作之间，
不知何处，总有一种古老的敌意。
我要认清它并说出它：帮帮我吧。
你别回来。要是还受得住，那你就
死着在死者那里吧。死者很忙碌。
可是帮帮我吧，以免那使你分心，
像那最遥远的有时帮助我：在我心中。

为沃尔夫伯爵封·卡尔克洛伊特而作

写于1908年11月4和5日

巴黎

为沃尔夫伯爵封·卡尔克洛伊特而作

我真的从未见过你吗？我觉得心灵
如此沉重因为你，像因为过于沉重的
开端，人们将其推迟。但愿我能开始
讲述你，死者就是你；你情愿的，
你狂热的死者。这个真使你
如此轻松像你所料想的，抑或
不再生存却还远离死之存在？
你误以为可以更好地占有在那里，
在没人看重占有的地方。你觉得，
在那边你仿佛在内部在风景之中，
它像这里的一幅画总在你眼前发生，
而你仿佛从内部而来，进入心上人

并穿过一切离去，强烈而震荡。

哦，但愿你现在不要对这个错觉，

缘于你那孩子气的迷误，耿耿于怀。

但愿你，溶化在一股忧郁的急流中

并已着迷，只还有一半的意识，

在环绕遥远的星辰的运动中

找到那种欢乐，你已将它从这里

移置到你那些梦幻的死亡存在中。

你曾何其近，亲爱的，在这里靠近它。

它曾何其以这里为家，你想要的那个，

你艰辛的渴望的庄重的欢乐。

当你，对幸福和不幸感到失望，

钻入自身之中并带着一种认识
艰难地上来，在你那个神秘的
发掘物的重量下险些破碎：
那时你驮着它，它，你没有认出的，
你驮着那欢乐，你驮着你那个
小救星的重负穿过你的血并倾侧。
为何你没有等待，直到沉重
完全不可忍受：那时它突变
并如此重，因为它如此真。你瞧，
这也许是你的下一个时刻；
它也许就在你的门前移正
发间的花冠，当你猛地关上门时。

哦，这一撞击，它怎样穿透宇宙，
当某处无耐性之穿堂风，冷酷
又猛烈，使一个敞开物顿时锁闭。
谁敢发誓，说在大地下并没有
一道裂缝延伸穿过健康的种子；
谁考察过，已被驯服的动物身上
是否有一种捕杀的欲望蠢蠢欲动，
当这一猛撞将闪电投入它们脑子里。
谁了解此影响，它从我们的行动
一跳而进入即将来临的极速，
又有谁伴随它，在一切皆引导之处？
于是你实施了毁灭。于是人们必将

传说你这个举动直到千秋万代。

一个英雄若站在面前，将那种意义，

我们把它看成是事物的脸，

如一个假面扯下来并飞快揭开

我们脸上的遮盖，脸上的眼睛早已

透过伪装的孔洞无声地窥视我们：

这个是脸而且它不会改变自己：

于是你实施了毁灭。石块躺在那里，

它们周围的空气里已经有一座

建筑的节奏，几乎无法抑制；

你转来转去却看不清它们的秩序，

一块遮住另一块；你觉得每一块

好像都生了根，当你从它旁边
走过时尝试，并非真正相信，
把它抬起来。而你在绝望中抬起了
所有的石块，但只是为了把它们
又抛回一片坑坑洞洞的采石场，
而它们，已被你的心扩大了，再不能
回到原位。假如有一位女人
那时将轻轻的手搁到这种愤怒
还很娇嫩的开端上；假如某男人，
他很忙碌，内心深处很忙碌，
沉静地遇到你，当你默默走出去
做你的大事时——是的，只要你的路

从一家醒着的工场旁边经过，
那里有男人敲打，那里白昼正在
朴实地实现；只要你满满的目光里
有这么多空间，足以让一只
尽力操劳的甲壳虫的映象进去，
你就会突然在一次清醒的领悟时
去读经书，而里面的文字你打从
童年以来便慢慢铭记在心中，
有时候你尝试，是否还可望组成
一个句子：唉，你觉得它毫无意义。
我知道；我知道：你曾躺在书旁并用手
触摸条纹，像人们在一块墓碑上

渐渐摸旧铭文。凡是你觉得
光亮燃烧的，你都将其当作烛火
执于这一行之前；可是你尚未理解，
火焰已熄灭，或许由于你的呼吸，
或许由于你的手颤抖；或许也完全
由于它自己，像火焰有时燃尽了。
你从不读它。现在我们却不敢
透过痛苦并从远处去解读。

只有那些诗让我们关注，它们
仍负着你一度挑选的言语下行，
有关你的感觉的倾向。不，

你不曾挑选一切；常常一个开篇
被当作整体托付给你，你复述它
如一个使命。而且你觉得它很悲哀。
唉，假如你从未从你口中听见它。
你的天使如今还在宣讲，对同样的
字句加以不同的强调，听见
他那种言说，我突然发出欢呼，
为你而欢呼：因为这曾经是你的：
即每一个爱人又跟你脱离开来，
你在学会观看之中认识了
放弃，在死亡中认识了你的进步。
这曾是你的，你，艺术家；这三个

敞开的模子。瞧，这里是第一个的
铸件：围绕你情感的空间；而那里
从那第二个中我给你打造出观看，
它一无所求，伟大艺术家的观看；
而在第三个中，它被你自己过早
打碎了，当第一股颤动的青铜，
出自心的白热，刚刚浇注进去，
有一个做工精美的死亡已经
被镂刻塑造，那个自己的死亡，
它急需我们，因为我们活的是它，
而我们无处比这里跟它更亲近。
这一切曾是你的财富和朋友；

这个你常常预感到；可是后来

那些模子的空洞使你惊恐，

你把手伸进去并掬取空虚

并发出怨诉。——哦，诗人古老的厄运，

他们怨诉，在他们本该言说之处，

他们总是评价他们的情感，

而非塑造它；他们还总是认为，

在他们心中什么是悲伤或欢喜，

他们自认为知道这些并可以

在诗中怜悯或赞美。像病人一样

他们使用多愁善感的语言，

只为描述他们的伤心之处，

而非坚定地将自己转化为言语，

如像一座大教堂的那个石匠

将自己坚韧地化作石头的镇静。

这曾是拯救。哪怕你仅仅见过

一次，命运是怎样进入诗句里

并不再回来，它怎样在里面化为图像

并就只是图像，酷似一位祖先，

他在画框里，当你有时候看上去，

似乎跟你相像而又不相像——

你就坚持下来了。

但这是吹毛求疵：

考虑不曾存在的。连责备的借口
也是在并未切中你的比较中。
正在发生的事情总是领先于
我们的看法，我们不可能赶上它
并永远不知道它当时的真实状况。
别感到羞愧，当死者轻触你时，
其他的死者，他们一直坚持到
终结。（终结想要说什么呢?）跟他们
交换目光吧，平静地，好比这是风俗，
别担心我们的悲伤会给你增添
异样的负担，以免你引人注目。
古代的豪言壮语，那时发生的事情

还是看得见的，并不适合于我们。

谁敢轻言胜利？挺住就是一切。

马利亚的一生

正有一场内心风暴

感谢

海因里希·福格勒

为创作这些诗歌的

从前和新近的动机

杜伊诺，1912 年 1 月

马利亚的诞生

哦，这一定让天使费了多大的劲呀，
突然不朝下歌唱，而这般恸哭，
因为他们就知道：那男孩的母亲
今夜将诞生，那一位，他就要显露。

他们振翅互相隐瞒并指点方向，
那里，孤零零，躺着约亚拿的村落，
啊，他们在自身和空间中感觉到纯粹的浓缩，
但谁也不准降临那农庄。

因为那两人因瞎忙而异常兴奋。
隔壁的大娘来了，寻思却想不出什么，

那老头出去并止住古怪的母牛的叫声，

小心翼翼。因为这叫唤还从未有过。

对圣殿中的马利亚的描绘

为了明白她当时的情况，
你先得叫自己去一个地方，
那里立柱影响你内心；你可对阶梯
抱有同感；充满危险的圆拱
跨越一个空间的深渊，而此深渊
总在你心中，因为它由这样的碎片
堆积而成，以致你再不能从心中
把它们铲出：那你会拆毁自己。
到了这一步，你心中的一切皆石头，
墙壁，楼梯，外景，拱顶——你且尝试
把你眼前那幅巨大的帷幕
用双手稍稍拉开一些：

顿时光芒四射从全然崇高的事体
并且超过你的呼吸和触觉。
往上，往下，宫殿立于宫殿之上，
从栏杆中涌出更宽的栏杆，
并在上方浮现于这样的边缘，
使你感到眩晕，一看见这景象。
同时一片来自熏肉摊的烟雾
使近处变得阴沉；但那最远之物
以直直的光束射入你心中——
而此时那出自清晰的火焰披纱的光
游戏在缓缓临近的衣衫上：
你怎么经得住？

可是她来了并抬起

目光，好把这一切打量。

（女人之间的一个孩子，一个小女孩。）

然后她，充满自信，平静地升向

那种挥霍，它如今深受宠爱：

人类建造的一切

已被远远超出——

被心中的赞美。被这种渴求，

为内心的征兆而献身：

父母有意把她送上去，

那胸前挂着宝石的威胁者

似欲接受她：但她穿过众人，
像她那么小，从每只手中出去
并走进她的命运，它高于大厅
并重于殿堂，它已经完成。

圣母领报

不是一位天使走进来（你可要认清）
使她感到害怕。尽管其他人，
当一缕阳光或夜里的月光
在他们的房间里搞什么名堂时，
很少发火——她常常对一位天使
那伪装的形象愤愤不平；
她几乎没发觉，这种逗留
对天使很艰难。（哦，假若我们知道，
她多么纯净。难道一只牝鹿，
躺着的，有一次在森林中窥见她，
不曾走眼窥入她心里，致使独角兽，
确实未经交配，生成于她心中，

那出自光的兽，纯净的兽——）
不是，他走进来，却是他，天使，
把一张少年的脸慢慢凑拢
并垂向她；于是他的目光
和她那仰视的目光全然交融
仿佛外部突然一切皆空
而亿万人所看见，从事，承受的一切
全涌入她的心中：唯余她与他；
看与被看的，眼目与悦目的容貌
再无别处除却此处——你瞧，
这使人害怕。他们俩都害怕。
然后那天使唱起他的歌谣。

圣母访问

她的状况一开始还轻松，
可有时往上攀登她已经
觉察到她那神奇的身体——
随后她站在犹太山的峰顶，

喘着气。但不是那片土地，
她的丰盈铺展并环绕她；
她感觉在行走：谁也不能
超越她此时感受的宏大。

当务之急，把她的手放到
其他更加鼓胀的身子上。

女人们急步相互迎上去

并相互触摸头发和衣裳。

每个人都沾上她的圣迹

并以教母来保护自己。

呵，她体内的救世主还是蓓蕾，

可是母亲腹中的施洗者

已又蹦又跳，因为喜乐。

约瑟夫的疑心

那天使说话了，他苦口婆心
对那个攥紧双拳的男人：
你难道没看出，从每道褶裥上，
她清凉就像上帝的清晨。

另一个却冷眼盯着他并嘟哝：
是什么使得她变成这般？
但此时天使吼道：木匠，
是上帝的作为，你还没发现？

你会做木板，你很骄傲，
你真的想要质问那一位，

他谦虚，能使同样的木头上
长出树叶并绽开花蕾？

他懂了。于是他这才抬起头
去看天使，吓得全身哆嗦，
天使不见了。这时他慢慢摘下
厚厚的帽子。然后唱起了赞歌。

在牧人上空的报道

往上看，你们男人。那边篝火旁的男人，
你们熟悉无穷无尽的天空，
星象家，往这儿瞧！看呀，我是一颗
上升的新星。我的整个本质熊熊
燃烧并熠熠生辉，简直充满了光，
这般炽烈，就连深深的苍穹
也容不下我。你们让我的光芒
射入你们的生存吧：哦，昏暗的目光，
昏暗的心灵，充塞着你们的
黯淡的命运。牧人，我多么孤单
在你们心中。突然为我形成了空间。
你们不曾惊讶：那高高的面包果树

投下一片荫凉？是的，这缘于我。
你们，不曾惊恐的，哦，你们可知道，
此时此刻未来是怎样闪耀
在你们观望的脸上。会发生许多
在这种强烈的光中。我透露给你们，
因为你们被瞒住了；对你们虔信人
这里的一切在言说：炎热和阵雨，
迁徙的鸟，风和你们所是的一切，
无一逞强也无一变得自负——
仗着不义之财。你们没有将事物
囚禁于胸部那狭窄的空隙
只为折磨它们。一如他的欢喜

涌过一位天使，尘世之情
也流过你们。假如一片荆棘
突然燃烧起来，那永恒者还可能
把你们叫唤出来，天使们，
假如他们光临，从你们的炉灶旁
走过来，你们不会感到惊奇：
你们匍匐下去脸贴着土，
朝拜并称这个为大地。

但这个曾有过。如今该有个新的，
地球方可更发奋地由此拓展。
什么对我们是一片荆棘：上帝设想自身

在一位童贞女的怀腹里。我就是

她的内心之光，此光引领着你们。

基督诞生

若非你禀性单纯，那如今
照亮黑夜的怎该对你发生？
看呀，在各民族头上发怒的神
变得柔和并借你的身子成人。

你可曾想象他更伟大，这救星？

什么是伟大？他那径直的命运
穿越他将走过的一切阻障。
连一颗星星也没有这样的途程。
你可看见，这几个伟大的国王

将他们心目中最大的宝藏

吃力地扛到你那隆起的怀腹前，
对这些礼物你也许感到惊异——
但你且瞧瞧你衣裳的皱褶下面，
他已胜过一切，就在此时。

一切龙涎香，从海外运到这里，

每一件金首饰和好闻的香料，
气味浓郁并飘进鼻孔里：
所有这一切很快就没了，

最终人们已为此懊悔。

但是（你将会看见）：他令人欢喜。

在逃入埃及时歇脚

这些人刚才还气喘吁吁
逃出那场幼儿大屠杀：
哦，经历了逃亡，怎么他们
不知不觉就已经长大。

他们惊悸地回头望去，
恐怖的灾难刚一消弭，
骑着灰色的马骡，他们
已使城镇陷入危机；

因为像他们那样，在大国很渺小，
——啥也不是——走近强大的圣殿时，

所有偶像顿时被暴露被戳穿
而且完全失去了理智。

可以想象吗，他们的到来
使众人绝望并发泄愤恨？
每个人甚至害怕自己，
唯独那孩子无比放心。

毕竟，他们当时得坐下来
歇息一会儿。但此时那棵树——
看呀：在走动，悄悄给他们遮阴，
像一个仆人朝他们垂下去：

它在鞠躬。就是那棵树

俯下身来，以它的花环庇护

为永恒物而死的法老的前额。

它已感觉到新的王冠

在开花。而他们像坐在梦里面。

加拿的婚礼

难道她还能怎样，除了为他
而骄傲，她最质朴的是由他装点？
就连那崇高的，习惯于伟大的夜
不也是激动不已，一旦他显现？

就连他一度失去自己，不也是
闻所未闻地引向他的荣耀？
难道那些最有智慧者已把嘴
误认为耳朵？那座房子难道

不是因他的声音而焕然一新？
啊，她肯定已经克制了上百遍，

才未将对他的喜爱表露出来。

她跟随在他身后并暗自惊叹。

但那时在那个婚礼庆典上，

不知不觉酒已饮尽，

她便看着他，想让他唤酒来，

可她不明白，他为何不答应。

随后他便做那事。她后来才弄懂，

她怎样催促他踏上他的途程；

因为现在他真是创造奇迹者，

而那整个的牺牲已经完成，

不可阻止。是的，这写在经书上。
但是那时候这已准备就绪？
是她以她那盲目的虚荣心
导致了这个匆匆的结局。

在摆满水果和蔬菜的筵席旁
她一样欢喜却没有发觉，
她的泪腺里面的水
已随此酒化作了血。

面对基督受难

哦，这是你情愿的吗，你本来不可以
借助于一个妇人的身子诞生：
救世主须从大山里面去勘查，
人们从坚硬物中开采那坚硬。

难道你不遗憾，使你亲爱的山谷
变得荒芜？要看清我的缺陷；
我只有乳汁和眼泪的溪流，
而从前你总是无穷无限。

以这般挥霍你当初被预告给我。
你为何不愤然走出我怀腹？

如果你只需要老虎将你撕碎，
妇女之家却为何要教我织布，

替你做一件柔软而精细的衣袍，
那上面压根找不到一丁点线缝，
不会硌住你——这就是我的一生，
而现在你却突然改变了本性。

马利亚抱着基督的尸体

现在我的悲苦满了，难以名状
它充塞着我。我呆视如宝石的
内部呆视。
僵硬如我，我只知道一件事：
你变大了——
……是变大了，
好化作太大的痛苦
立着完全超出我这颗
心的包容。
现在你躺着横穿我的怀腹，
现在我再也不能
生出你。

以复活者来缓解马利亚的悲痛

他们俩当时有什么感觉：难道不是
面对一切隐秘时的甜美
和始终还是尘世的：
当他，因坟墓还略显苍白，
轻松地走向她：
复活于每一个地方。
哦，首先走向她。他俩当时怎样
不可言喻地处在痊愈中。
是的，他俩在痊愈，是这样。他俩不必
彼此使劲触摸。
他将他那只随即永恒的手
几乎不到一秒钟

搭到她那女性的肩头上。

于是他俩开始了，

静静地如春天的树木，

异常共同地，

他俩极度竭诚交往的

这个季节。

马利亚之死（三节）

1

同一位大天使，当初曾为她
从天上带来生子的福音，
站在那里，好让她察觉他，
并说道：你显现的时辰已来临。
而她震惊如同那时候并表明
自己又成了少女并真心同意。
他却放光，无限地靠近，
好像消失在她的面孔里——
并指令已远远逃走的皈依者
全都汇聚于山坡上的房屋，
那晚餐之屋。他们来了，更沉重，

并害怕地走进去：一张窄窄的床铺，
上面躺着那谜一般被沉入
毁灭和挑选之中的女性，
安然无恙，像一个未被使用的，
她正侧耳倾听天使的歌声。
现在当她看见在蜡烛后面
众人皆有所期待，她便挣脱了
那超常的声音而且真心诚意
送出她所拥有的那两件衣袍，
她又朝这个和那个抬起她的脸……
（哦，无名的泪水溪流之发源）。

可是她现已精疲力竭

并将天宇牵至耶路撒冷

如此之近，以至于她的灵魂，

正脱出躯壳，只需略略延伸：

他已将它，它的一切他知悉，

提升到它的神性里。

2

谁仔细想过，在她到来之前

丰盈的天宇并不完满?

那位复活者早已坐上席位，

可是他旁边，整整二十四年，

座位是空的。而他们已经
慢慢习惯于这纯粹的缺口，
似乎已愈合，因为儿子散发出
美丽的光彩并以此来填补。

于是她也没有，踏入天国之后，
朝他走去，虽然她有此冲动；
那里没席位，只有他在那里，闪光
并引人注目，那种光使她疼痛。
可是当她现在，这感人的形象，
加入到新的福人们的队列里，
并不显眼地，光映着光，站好位，

从她的存在中却透出一种克制，

熠熠生辉，竟使得那被她照亮的

天使眩目并叫喊起来：她是谁？

一片惊讶。随后他们都看见

上面的天父拽住我们的主，

以至于那空空的位子，周围荡漾着

柔和的霞光，看起来恍如

一丝痛苦和一点孤独，

恍如他还在忍受的什么，

苦涩的缺陷，尘世时间的残余。

他们看向她；她不安地望去，

向前俯下，好像她觉得：我是

他最长的痛苦：并突然扑倒在地。

众天使却把她抱入怀中，

托住她并唱起福乐的歌曲，

最后一程，他们抬着她上去。

3

使徒多马姗姗来迟，

那天使，对此早有估计，

却赶在他前面快步走来

并在坟墓旁对他指示：

把这块石头掀开。你可想知道，

打动你心灵的人如今在何处：
你瞧：她只被放进去一小会儿
如像一个薰衣草枕头，

好让泥土散发出她的气味
在褶裥里和纯净的头巾里。
一切死亡的（你觉得?），一切衰败的
都已被她那种芳香所陶醉。

瞧这块亚麻布：哪有一种苍白，
哪里会变得刺眼并引起疑问?
出自这纯净的尸体的这种光

比阳光更能将它澄清。

你不惊讶，她多么柔和地脱离它?
什么也没变，仿佛她还是那样。
可是那上面天宇已震撼不已：
多马，你跪下，目送我远去并歌唱。

译后记

这个集子收录了里尔克中期的几个重要作品，之所以取现在的书名，当然是因为《新诗集》和《新诗集续》已被公认为这个阶段的代表作，而构成其基本篇幅的物诗着实匠心独具，在创作手法上另辟蹊径，因而在德语文学史上占有一席之地。两部新诗集均为选译，数量约占原作的三分之一以上。挑选的标准一是手法新颖，二是读起来有味道。《马利亚的一生》（全译）作于一九一二年，标志着诗人已经走出了低谷，又有了创作的欲望，而且找到了极好的感觉。作为《哀歌》的引子，它转折性地引入更加辉煌的晚期。两首《哀歌》堪称鸿篇巨制，既细腻又深刻地反映出诗人对死亡的独特感受、反思和领悟，或许有助于读者进入《杜伊诺伊哀歌》中的死之奥秘。这里所追悼的两位死者都是艺术家，所以作品还特别涉及艺术与生活的冲突，以及里尔克自己的艺术理论。尤其是第二首的结尾句“谁敢轻言胜利？挺住就是一切”，一战前后就已成了一代表现主义诗人的精神鸦片，20世纪又在中国青年诗人中广为传诵，如今读来已恍若隔世。

两部新诗集从问世之日起，就受到普遍的关注并获得读者和评论家的交口称誉。在此本人也当一回文抄公，选取两段有代表性的文字，以便读者对这些诗歌之新异奇特有一个大概的了解。茨威格的评论颇为形象：“这些新诗每一首都是作为一座大理石像，作为纯粹轮廓而独立存在着，同各方面都划清了界限，被封锁在它的不容更改的草图中，有如一个灵魂在其尘世的躯体中。这些诗篇——我且提《豹》《旋转木马》——是从笨拙的冷石中切出来的，其明亮如白昼，宛如浮雕宝石，只有精神的目光看来才是透明的——是德语抒情诗迄今为止从未以同等尖锐的硬度拥有过的产物，是一种知情的客观性对于单纯预感的胜利，是一种完全变成雕塑的语言之决定性的凯旋。”（绿原译）

对于物诗的语言特点，里尔克研究专家施塔尔（A. Stahl）则给出了具体的分析：“确实无疑的是，《新诗集》完成了一种此前从未有过的语言差异化和细腻化，里尔克由此达到了丰富的句法变化和词语的多种层次，这些受到每一个读者（不管他多么挑剔）的赞誉，被视为对‘看’的拓展和推进，使感觉更加敏锐。”施塔尔还对物诗所追求的真实做过相当精辟的评述：“远离自己的主体，转向存在物的、真实的世界，由这种意图所承载的艺术伦理也使他获得这样的评价：存在之诗人。”

《豹》是物诗的代表作之一，这里不妨管中窥豹，以见物诗之一斑。当然采用冯至先生那篇难易一字、堪称范例的译文：

豹

——在巴黎植物园

它的目光被那走不完的铁栏
缠得这般疲倦，什么也不能收留。
它好像只有千条的铁栏杆，
千条的铁栏后便没有宇宙。

强韧的脚步迈着柔软的步容，
步容在这极小的圈中旋转，
仿佛力之舞围绕着一个中心，
在中心一个伟大的意志昏眩。
只有时眼帘无声地撩起——
于是有一幅图像浸入，
通过四肢紧张的静寂——

在心中化为乌有。

此诗脍炙人口，然而朴素的文字包含了深奥的意蕴，迷离扑朔，虽反复诵读亦难窥其奥秘，于是见仁见智。

施塔尔给出了本诗的基调："自然的生存空间要么丧失，要么受到威胁，这是世纪之交的一个重大题目。"他认为同时还需注意到"一种巨大的决心，即忽视时间史和精神史上的特征"。

布卢默（B. Blume）则将本诗概括为"诗人自己的灵魂在其被隔绝的监狱中自我折磨的象征"。

希佩（R. Hippe）认为："这里借豹道出了存在。"

袁可嘉说"里尔克是用自己的思想歪曲了（实际上拔高了）豹的感受能力来表现它与现实世界的矛盾"。

我们知道，中期阶段的诗人无论在思想上还是在艺术风格上都发生了重大转折，由此或可大致勾勒《豹》的基本倾向。从内容上分析，通过被监禁的生存状态中豹对存在的虚无感，《豹》描述了主观的观察方式的错误性，它使人囿于自设的牢笼（第一段）；描述了人在这个困境中越陷越深，最后以精神崩溃告终（第二段）；描述了从主观到客观的根本转变，它使人能够从新的角度重新认识世界，从而达到人与物的融合（第三段）。在形式上，这首诗完全采用了"客观地描述"这个艺术原则，达到了某种绘画和雕塑的效果，刻画了一个栩栩如生的“豹”的形象，这是诗的第一个层面。但是在第二个更深的层面上，“豹”又是里尔克的化身，这首诗客观地描述了思想转折带来的结果——“客观地描述”之原则本身，诸如观察、感觉、孤独这些构成该原则的要素，以及该原则的基本运用过程。所以，《豹》其实也是“客观地描述”这个艺术原则的图解。总而言之，《豹》作为里尔克的自画像高度概括了里尔克从早期到中期创作的心路历程，可以说是“出于恐惧做物”的实例和成功尝试。在这首诗中，“豹”成了他内心“恐惧”和“向往”的“对应物”，他居然需要以此来“证实”和“认可”他的艺术原则，这大概恰是他在危机阶段的客观化倾向的一个极端的例证。

两部诗集都是按时间顺序来编排的，先是古希腊，然后以《圣经》为题材，最后即主体部分则贯穿近现代，内容包罗万象，如动物、植物、建筑、艺术品和各种人物等。其中的作品固然并非尽是物诗，其水准客观而言也参差不齐，有上乘和中乘的，也有一些不大入流的。翻译了全部新诗之后，依我之见，平均水平可以说是准一流。而不甚完美的原因主要在于，欲以文字来达到绘画和雕塑的效果，似乎已接近甚至超过了语言表达力之极限，难度实在太大；况且新诗集中绝大多数都是格律诗，十四行诗也为数不少（毕竟还是脱胎于“旧”之“新”，即传统与现代的结合，这一点似乎未引起足够的重视。），形式上自然有诸多限制，例如轻重音的搭配，每一行数量固定的音节以及押韵（德文诗须行行押韵，难于汉诗），像这样戴着镣铐跳舞，舞姿难免显得生硬滞重。顺便说一句，德文欠佳的译者往往喜欢直译，但原文中颠倒语序或拼凑韵脚或削足适履之处，有时直译过来，会给人以某种突兀的新鲜感，这种由译者添加的东西其实是不可取的。较之于原作，汉译"新诗"有些好像显得更加新异，我觉得这也许是缘故之一。

当然，极端的客观化也可能带来一些负面的效果，尤其是削弱诗歌的韵味。试举一个反面的例证：中期阶段最受欢迎的两首诗——《秋日》和《豹》——其实都跟"新诗"或物诗相距甚远，至少不能混为一谈。《秋日》写于 1902 年 9 月 21 日，里尔克来巴黎还不到一个月，此诗虽然是成熟的佳作，但仍属旧时风格，故收入《图像集》。至于《豹》这首诗，虽然是在罗丹的影响之下，如里尔克所言，"一种严格的良好的训练的第一个成果"，虽然采用了"客观地描述"这个新的艺术原则，但是，作为客观的"豹"不但没有远离诗人之主体，反倒成了里尔克的化身，至少在此或可印证少数评论家的观点："他只是为了给他的艺术带来好处，而将自己的主体身份巧妙地移入某种真实之中，这种真实则已为了上述目的具有象征的风格。"这里所谓"带来好处”之目的似有诛心之嫌，笔者不予苟同。因此，《豹》应该是过渡期的一个产物，带有前后两面的特征，而正是这种未走极端的新旧融合兴许平添了它的魅力。

但是不管怎样，物诗所取得的成就是有目共睹的：一幅幅栩栩如生的静物描述（例如《蓝色绣球花》）或任务肖像（《镜前的女人》），一尊尊以文字铸成的雕像（《早年的阿波罗》和《远古的阿波罗残躯》），活灵活现的动物（《红鹳》）或人物（《西班牙舞女》）或各种神灵（《灵光中的佛》），神话的叙事体再现（《俄耳甫斯·欧律狄克·赫尔默斯》），以及简洁而精彩的戏剧场面（《穆罕默德的受命》），真是不胜枚举。恰恰通过这种踏踏实实的艰苦训练，里尔克才打下了牢固的基本功，真正具备了恰到好处地驾驭语言的能力，这一点恐怕是同时代的其他诗人难以企及的。甚至不妨说，里尔克晚期的那种炉火纯青的、能够表达一切的语言盖出于此。

全新的写法其实归因于里尔克人生观的根本改变，以及他对自己的性格缺陷的深刻反省，所以在《新诗续集》的序诗中，诗人才会以一个无条件的要求来给此诗也给他本人一个了结——“你必须改变你的生活”。“谦卑、忍耐、镇静”堪称里尔克的座右铭，从这种意义上去理解，也不妨将其解读为里尔克意欲痛改前非；而自负、浮躁和惊慌或许正是大多数青年诗人的固有毛病。

但还是有一种毛病更加严重而且锥心致命，里尔克在第二首挽歌中记叙如下："哦，诗人古老的厄运，/他们哀诉，在他们本该言说之处，/他们总是评价他们的情感/……像病人一样/他们使用多愁善感的语言，只为描述他们的伤心之处。"重庆人喜欢说"酒是一包药"，此话很有意思。在我看来，诗又何尝不是一包药呢。是药三分毒，弄不好就会适得其反；哪怕是补药，也以温补为宜。同时一定要注意勤练内功，修身养性，让自己的胸襟开阔起来。莫要过于执着，沉溺其中而不能自拔，此为佛教所谓的"贪毒"。否则"红肿之处美若桃花"势必一步步引向嗜痂癖，由此已经酿成了太多的命运悲剧。

为此，里尔克不仅在致一个青年诗人的书信中提出过不少切实的忠告，而且在同一首挽歌里面又开出了一张处方：切忌评价情感，只需塑造情感；让命运忠实地进入诗句之中，并让它在那里面化为真实的图像，而且就只是图像；面对现实，身处当下，诗人何为？他该当"坚定地将自己转化为言语，/如像一座大教堂的那个石匠/将自己坚韧地化作石头的镇静。""这曾是拯救"，里尔克写道；想必现在和将来这仍该是拯救。

二〇一六年六月于三棵杨